# RELATION

DE

# L'ÉPIDÉMIE DE MÉNINGITE

## CÉRÉBRO SPINALE,

OBSERVÉE A METZ, DE 1847 A 1849,

PAR LE D͏ͬ LAVERAN,

*Médecin en chef de l'Hôpital militaire d'instruction de Metz.*

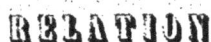

EXTRAIT DES TRAVAUX DE LA SOCIÉTÉ DES SCIENCES
MÉDICALES DE 1848-49.

METZ,
IMPRIMERIE ET LITHOGRAPHIE DE VERRONNAIS,
RUE DES JARDINS, 14,

1849.

# RELATION

## DE

# L'ÉPIDÉMIE DE MÉNINGITE

## CÉRÉBRO SPINALE.

# RELATION

## DE

# L'ÉPIDÉMIE DE MÉNINGITE

### CÉRÉBRO SPINALE,

OBSERVÉE A METZ, DE 1847 A 1849,

PAR LE D.' LAVERAN,

*Médecin en chef de l'Hôpital militaire d'instruction de Metz.*

---

*Extrait des travaux de la Société des Sciences médicales de 1848-1849.*

METZ,

IMPRIMERIE ET LITHOGRAPHIE DE VERRONNAIS,

RUE DES JARDINS, 11.

1849

# RELATION

## DE

# L'ÉPIDÉMIE DE MÉNINGITE

## CÉRÉBRO SPINALE,

### OBSERVÉE A METZ, DE 1847 A 1849,

#### PAR LE D.ʳ LAVERAN,

*Médecin en chef de l'Hôpital militaire d'instruction de Metz.*

Si l'histoire de toute épidémie a le double avantage de fournir des documents utiles à l'hygiène publique et à la doctrine des maladies populaires; l'intérêt d'un semblable travail s'accroît encore, quand il s'agit d'une affection incomplètement connue, soit dans ses causes, soit dans son traitement. C'est à ce double titre que j'ai cru devoir conserver le souvenir de l'épidémie de méningite cérébro-spinale qui sévit dans la garnison de Metz depuis le mois de décembre 1847.

Je m'attacherai surtout à l'exposition fidèle des faits : bien convaincu qu'il y a toujours plus d'utilité dans une histoire exacte que dans l'interprétation de son auteur, et que, dans l'état actuel de nos connaissances, il importe moins de discuter la valeur relative des doctrines absolues de l'infection de la contagion et des constitutions médicales, que de faire

1

ressortir de la comparaison des épidémies, quelques-unes
des lois qui président à leur évolution.

### Exposition des faits.

Après une épidémie de rougeole et de variole, les maladies aiguës étaient devenues moins fréquentes et moins
graves, à la fin de l'année 1847 : dans le dernier trimestre,
il n'y avait eu que trois décès par fièvre typhoïde et un par
scarlatine, lorsque la méningite vint brusquement élever
le chiffre de la mortalité. Déjà en 1840, M. le docteur Gasté
avait signalé les mêmes conditions dans la constitution médicale ; il n'y avait eu qu'un seul décès sur 521 restants dans
le dernier trimestre 1839, état sanitaire le plus satisfaisant
qu'on eût eu à Metz depuis plus de vingt ans.

La méningite commença le 7 décembre, nous eûmes :

        15 cas en décembre 1847,
        27  id.  janvier   1848,
        45  id.  février   id.,
        11  id.  mars      id.,
        2   id.  avril     id.,
        8   id.  mai       id.,
        1   id.  juin      id.,
        »   id.  juillet   id.,
        »   id.  août      id.,
        »   id.  septembre id.,
        »   id.  octobre   id.,
        5   id.  novembre  id.,
        2   id.  décembre  id.,
        4   id.  janvier   1849,
        5   id.  février   id.,
        5   id.  mars      id..

Pendant le cours de l'épidémie, la garnison a présenté la composition et les mutations suivantes :

1.er du génie, parti de Metz dans les 15 premiers jours de mars 1848 ;

2.e Léger, parti de Metz, dans les 15 derniers jours de de mars 1848 ;

11.e Léger, parti de Metz, en avril 1848 ;

7.e Chasseurs à pied, présents pendant tout le cours de l'épidémie ;

5.e d'Artillerie, présent pendant tout le cours de l'épidémie ;

15.e d'Artillerie,                          idem ;

2.e d'Artillerie, parti de Bourges, le 15 octobre, arrivé à Metz, le 5 novembre 1847 ;

15.e de Ligne, arrivé à Metz, le 31 mars 1848 ;

24.e de Ligne, arrivé à Metz, le 15 avril 1848 ;

70.e de Ligne, arrivé à Metz, le 19 juillet 1848 ;

3.e du Génie, arrivé à Metz, en mars 1848.

## TABLEAU DE LA MARCHE DE L'ÉPIDÉMIE.

| de cinq en cinq jours. | 2.ᵉ d'artiller. | 3.ᵉ d'artiller. | 13.ᵉ d'artiller. | 1.ᵉʳ du génie. | 5.ᵉ du génie. | 2.ᵉ léger. | 11.ᵉ léger. | 15.ᵉ de ligne. | 24.ᵉ de ligne. | 70.ᵉ de ligne. | 7.ᵉ chasseurs. | Infirmiers. | Pénitenciers. | TOTAL. |
|---|---|---|---|---|---|---|---|---|---|---|---|---|---|---|
| **DÉCEMBRE** | | | | | | | | | | | | | | |
| 5 au 10 | » | » | » | » | » | » | » | » | » | » | 1 | » | » | 1 |
| 10 au 15 | » | » | » | » | » | » | » | » | » | » | » | » | » | » |
| 15 au 20 | 1 | » | 1 | 1 | » | » | » | » | » | » | » | » | » | 5 |
| 20 au 25 | 2 | » | » | » | » | 1 | » | » | » | » | » | » | » | 2 |
| 25 au 31 | 3 | » | 1 | » | » | 1 | » | » | » | » | 2 | » | » | 7 |
| **JANVIER.** | | | | | | | | | | | | | | |
| 1 au 5 | 2 | 1 | » | » | » | » | » | » | » | » | » | » | » | 3 |
| 5 au 10 | » | » | » | » | » | » | » | » | » | » | 1 | » | » | 1 |
| 10 au 15 | » | » | 1 | 1 | » | » | » | » | » | » | 1 | » | » | 3 |
| 15 au 20 | 1 | 1 | 2 | 1 | » | » | » | » | » | » | » | » | » | 5 |
| 20 au 25 | 1 | » | 2 | » | » | » | » | » | » | » | » | » | » | 3 |
| 25 au 31 | 1 | » | 1 | 1 | » | » | 7 | » | » | » | 2 | » | » | 12 |
| **FÉVRIER.** | | | | | | | | | | | | | | |
| 1 au 5 | » | » | 5 | 4 | » | » | 2 | » | » | » | 5 | » | » | 12 |
| 5 au 10 | » | » | » | 4 | » | » | 2 | » | » | » | » | 1 | » | 7 |
| 10 au 15 | » | » | 1 | 1 | » | 1 | 5 | » | » | » | 2 | » | » | 8 |
| 15 au 20 | » | » | » | 2 | » | » | 5 | » | » | » | » | 1 | » | 8 |
| 20 au 25 | » | » | » | 3 | » | » | 5 | » | » | » | » | » | » | 6 |
| 25 au 28 | 3 | 1 | » | » | » | » | » | » | » | » | » | » | » | 4 |
| **MARS.** | | | | | | | | | | | | | | |
| 1 au 5 | » | » | » | » | » | » | 2 | » | » | » | 1 | » | » | 5 |
| 5 au 10 | » | » | » | » | » | » | 1 | » | » | » | 1 | 1 | » | 5 |
| 10 au 15 | » | » | » | » | » | 1 | » | » | » | » | 1 | » | » | 2 |
| 15 au 20 | » | » | » | 1 | » | » | » | » | » | » | 1 | » | » | 2 |
| 20 au 25 | » | » | » | 1 | » | » | » | » | » | » | » | » | » | 1 |
| 25 au 31 | » | » | » | » | » | » | » | » | » | » | » | » | » | 1 |
| **AVRIL.** | | | | | | | | | | | | | | |
| 1 au 5 | 1 | » | » | » | » | » | » | » | » | » | » | » | » | 1 |
| 5 au 30 | » | » | » | » | » | » | » | 1 | » | » | » | » | » | 1 |
| **MAI.** | | | | | | | | | | | | | | |
| 5 au 10 | » | » | 1 | » | » | » | » | » | » | » | » | » | » | 1 |
| 10 au 15 | » | » | » | » | » | » | » | 2 | 1 | » | » | » | » | 3 |
| 15 au 20 | » | » | 1 | » | 1 | » | » | » | » | » | » | » | » | 2 |
| 20 au 25 | » | » | » | » | » | » | » | » | 1 | » | 1 | » | » | 2 |
| 25 au 30 | » | » | » | » | » | » | » | » | » | » | » | » | » | » |
| **JUIN.** | | | | | | | | | | | | | | |
| 1 au 30 | » | » | » | » | » | » | » | 1 | » | » | » | » | » | 1 |
| **NOVEMBRE** | | | | | | | | | | | | | | |
| 25 au 30 | » | » | » | » | » | » | » | » | » | » | 3 | » | » | 5 |
| **DÉCEMBRE** | | | | | | | | | | | | | | |
| 1 au 5 | » | » | » | » | » | » | » | » | » | 1 | » | » | » | 1 |
| 25 au 31 | » | » | » | » | » | » | » | » | » | » | » | » | 1 | 1 |
| **JANVIER.** | » | » | » | » | » | » | » | » | » | 2 | 2 | » | » | 4 |
| **FÉVRIER.** | » | » | » | » | » | » | » | » | » | 4 | 1 | » | » | 5 |
| **MARS.** | » | » | » | » | » | » | » | » | » | » | 5 | » | » | 5 |
| **Total....** | 15 | 5 | 15 | 18 | 1 | 3 | 25 | 4 | 2 | 7 | 26 | 3 | 1 | 126 |

C'est le 7 décembre 1847, que nous reçûmes un premier cas de méningite. Le malade appartenait au 7.ᵉ bataillon de Chasseurs, il était à Metz depuis peu de jours et il rapportait la cause de sa maladie aux fatigues de la route qu'il avait faite des Pyrénées à Metz pendant un temps froid et au milieu des neiges.

Le deuxième malade appartenait au 1.ᵉʳ régiment du génie.
Le troisième au 13.ᵉ d'artillerie.
Le quatrième enfin au 2.ᵉ d'artillerie.

Je note avec soin le premier cas, afin de pouvoir examiner la question de l'importation de l'épidémie par le 2.ᵉ régiment d'artillerie qui avait eu des cas de méningite à Bourges et dans sa route de Bourges à Metz, où il était arrivé le 15 novembre. Il est remarquable d'ailleurs que l'épidémie de 1840 ait éclaté également dans le 7.ᵉ d'artillerie qui avait passé de la garnison de Bourges à celle de Metz.

Quoiqu'il en soit, les premiers décès appartiennent au 2.ᵉ d'artillerie qui fournit tout d'abord les cas les plus graves et les mieux caractérisés; du 2.ᵉ d'artillerie la maladie s'étend au 13.ᵉ et au 5.ᵉ en janvier l'épidémie prend de l'extension et s'évit à la fois dans le 1.ᵉʳ régiment du génie et le 11.ᵉ léger.

En Février nous comptons 45 malades et 28 morts : la maladie frappant surtout les hommes du 1.ᵉʳ du génie et ceux du 11.ᵉ léger.

En mars et avril, les cas diminuent en nombre sinon en gravité par suite du départ du 1.ᵉʳ régiment du génie et du 11.ᵉ régiment d'infanterie légère. Les nouveaux régiments le 13.ᵉ de ligne le 3.ᵉ du génie à peine arrivés à Metz payent leur tribut à l'affection régnante qui se continue dans le 7.ᵉ bataillon de Chasseurs.

En juin, l'épidémie s'arrête, et jusqu'au 15 novembre, nous pouvons espérer qu'elle a complétement cessé. Elle reparaît à cette époque dans le 7.ᵉ bataillon de Chasseurs à pied, puis dans le 70.ᵉ de ligne; frappe successivement ces deux régiments à l'exclusion des autres, pour passer en avril au dépôt du 24.ᵉ de ligne.

La méningite sévit fortement dans tous les corps de la garnison, mais dans une proportion inégale.

| Régiments. | Effectif. | Malades. | Morts. |
|---|---|---|---|
| 2.ᵉ d'artillerie | 1225 | 15 | 6 |
| 5.ᵉ d'artillerie | 140 | 5 | 2 |
| 13.ᵉ d'artillerie | 1400 | 16 | 7 |
| 1.ᵉʳ du génie | 2400 | 18 | 10 |
| 5.ᵉ du génie | 5561 | 1 | 1 |
| 2.ᵉ léger | 2000 | 5 | 2 |
| 11.ᵉ léger | 2000 | 25 | 18 |
| Chasseurs à pied | 1109 | 28 | 11 |
| 15.ᵉ de ligne | 1243 | 4 | 2 |
| 70.ᵉ de ligne | 1200 | 7 | 5 |
| 24.ᵉ de ligne | 1000 | 2 | ? |
| Infirmiers | 206 | 3 | 1 |
| Pénitenciers | » | 1 | 1 |
|  |  | 126 | 66 |

Toutes les casernes sont successivement envahies, mais comme dans presque toutes les épidémies de la garnison de Metz, la caserne Coislin fournit moins de malades que celles du Fort et de la Basse-Seille.

Pendant que la méningite règne aussi violemment dans la garnison c'est à peine si elle frappe la population civile:

En décembre, une jeune fille de 14 ans, demeurant rue

Chambière, dans le voisinage de la caserne d'artillerie, succombe avec tous les symptômes d'une méningite cérébro-spinale.

En janvier, deux femmes, l'une de vingt ans et l'autre de vingt-six, sont atteintes de la même affection.

En février, M. le docteur Dufourq en constate deux cas, rue du Pontiffoy.

MM. Monard l'observent sur un élève du collége, et pendant le mois de mai, j'en rencontre un exemple sur un jeune employé d'une maison de commerce; enfin, en avril 1849, les deux enfants du portier de l'hôpital civil sont frappés en même temps.

### Conditions individuelles.

Les malades atteints de méningite étaient jeunes, vigoureux et en général au service depuis peu de temps; en relevant les conditions relatives à l'âge et au temps de service, je trouve les chiffres suivants :

| Age. | Quantité. | Durée du temps de service. | |
|---|---|---|---|
| 19 ans. | 2 | | |
| 20 — | 3 | 5 mois.......... | 10 |
| 21 — | 6 | de 5 mois à 1 an.. | 26 |
| 22 — | 31 | 2 années. ....... | 8 |
| 23 — | 16 | 5 id..... .... . | 2 |
| 24 — | 10 | 4 id........... | » |
| 25 — | 5 | 5 id.......... | 1 |
| 26 — | 8 | 6 id......... . | 1 |
| 27 — | 2 | 7 id........... | » |
| 28 — | 1 | | |
| 29 — | 1 | | |
| 30 — | 1 | | |

Ainsi plus qu'aucune autre affection, la méningite paraît être liée aux conditions de l'arrivée des jeunes gens au service militaire.

### Constitution atmosphérique.

La méningite a surtout régné l'hiver, commencée en décembre, l'épidémie s'est arrêtée en juin pour renaître en novembre. A son début les conditions météorologiques ont été remarquables : le mois de décembre 1847 a compté 22 jours de gelée, celui de janvier 1848, 28 jours et 20 de règne des vents septentrionaux; la marche de l'épidémie, et son retour après une interruption de quelques jours, nous ont paru être en rapport ou avec l'abaissement de la température, ou le règne des vents froids du nord-est si pénibles à Metz.

### Constitution médicale.

L'épidémie de méningite n'a pas élevé le chiffre de la mortalité; pendant son cours les affections dominantes ont été les fièvres éruptives, notamment la scarlatine et les inflammations des membranes séreuses. En tenant compte de la mortalité, je suis arrivé aux rapports suivants :

La fièvre typhoïde compte en 1848. — année moyenne,

| | | | |
|---|---|---|---|
| Pour............. | $\frac{1}{6}$ | —— | $\frac{1}{3}$ |
| — la variole.. ... | $\frac{1}{10}$ | —— | $\frac{1}{23}$ |
| — la rougeole.... | » | —— | $\frac{1}{73}$ |
| — la scarlatine... | $\frac{1}{11}$ | —— | $\frac{1}{75}$ |
| —. la méningite... | $\frac{1}{3}$ | —— | $\frac{1}{80}$ |
| — la pleurite ... | $\frac{1}{43}$ | —— | $\frac{1}{50}$ |
| — la péricardite... | $\frac{1}{70}$ | ——— | » |
| — la dyssenterie.. | $\frac{1}{86}$ | —— | $\frac{1}{3}$ |
| — la pneumonie.. | $\frac{1}{13}$ | —— | $\frac{1}{15}$ |
| — la phthisie.... | $\frac{1}{4}$ | —— | $\frac{1}{4}$ |

# MALADIES

*Observées pendant le cours de l'épidémie.*

| NOMS des MALADIES. | 3.e Trimestre 1847. | | 1.er Trimestre 1848. | | 2.e Trimestre 1848. | | 3.e Trimestre 1848. | | 4.e Trimestre 1848. | | 1.er Trimestre 1849. | |
|---|---|---|---|---|---|---|---|---|---|---|---|---|
| | Entrées. | Morts. | Entrées. | Morts. | Entrées. | Morts. | Entrées. | Morts. | Entrées. | Morts. | Entrées. | Morts. |
| Fièvre typhoïde.. | 20 | 3 | » | 1 | 29 | 5 | 102 | 15 | 74 | 13 | 7 | 1 |
| Variole...... ... | 7 | » | 9 | 1 | 60 | 2 | 77 | 12 | 49 | 9 | 51 | » |
| Rougeole. ...... | 4 | » | 4 | » | 42 | 1 | 15 | » | 2 | » | 6 | » |
| Scarlatine. ..... | 4 | 1 | 18 | » | 38 | » | 38 | 2 | 17 | 1 | 13 | 2 |
| Grippe......... | 100 | » | 27 | 5 | » | » | » | » | » | » | » | » |
| Bronchite....... | 84 | » | 167 | » | 53 | » | 36 | 1 | 61 | » | 111 | » |
| Pneumonie... .. | 8 | » | 14 | » | 22 | 1 | 10 | » | 19 | » | 59 | » |
| Méningite.... .. | 15 | 2 | 83 | 47 | 11 | 7 | » | » | 5 | 2 | 11 | 8 |
| Péricardite...... | » | » | 1 | » | 1 | 1 | 1 | 1 | » | » | 1 | 1 |
| Pleurite........ | 4 | » | 58 | » | 15 | 2 | 19 | 1 | 17 | » | 23 | 2 |
| Rhumatisme arti-culaire. ...... | » | » | 28 | » | 25 | » | 37 | » | 10 | » | 21 | » |
| Dyssenterie..... | » | » | » | » | » | » | 132 | 4 | 28 | 4 | 13 | » |
| Phthisie ....... . | 16 | 5 | 36 | 15 | 36 | 17 | 24 | 10 | 7 | 5 | 18 | 5 |

Ainsi donc, semblable aux épidémies antérieures, la méningite de 1848 a régné à la manière des petites épidémies, ne modifiant pas le chiffre de la mortalité ; elle a frappé presque exclusivement la population des casernes, ne s'étendant que consécutivement à la population civile ; elle a sévi l'hiver, s'est arrêtée pendant l'été pour renaître avec le retour de la saison froide ; enfin à Metz comme à Perpignan, à Nantes, à Versailles, à Orléans elle a coïncidé avec des fièvres éruptives.

À quelles causes attribuer une maladie si funeste à l'armée, si effrayante par sa marche rapide, si obscure par son origine ?

## CAUSES.

### Infection.

MM. Gasté et Tourdes, se fondant sur l'action limitée de la méningite sur la population militaire, ont admis quelle reconnaissait pour cause l'infection qui naît de l'encombrement des casernes. À Metz, la méningite a débuté au moment où le chiffre de la garnison était dans la moyenne ordinaire, elle a disparu au moment même où par suite des appels des classes et de la réserve, nous avons vu jusqu'à 12,000 hommes présents. D'ailleurs l'encombrement est un fait local dont les effets ne pourraient se faire sentir sur tous les corps de la garnison, et les partisans de l'infection ont négligé un des faits le plus curieux de l'histoire de la méningite, je veux dire, son développement simultané dans plusieurs garnisons fort distantes les unes des autres. Elle régnait en même temps, à Strasbourg, à Metz, à Versailles en 1840 et 1841 ; à Metz, à Lille, à Paris, à Orléans en 1848. De sorte que s'il est impossible de ne pas tenir compte de l'influence que doit exercer sur son extension la vie en commun des militaires, on ne saurait considérer quelques conditions de mauvais casernement comme la cause principale de son développement.

### Contagion.

C'est après l'arrivée à Metz du 2.ᵉ régiment d'Artillerie, qui avait eu à Bourges et en route plusieurs cas de méningite, que la maladie éclate, d'abord dans les régiments d'Artillerie, puis successivement dans les autres corps de la garnison ; se continuant dans chacun d'eux pendant un certain temps, et passant dans un autre corps après s'être épuisée dans le premier.

Les rues voisines des casernes fournissent presque exclusivement les cas de méningite observés dans la population civile.

Les infirmiers militaires fournissent trois malades et un décès.

Un élève de 2.ᵉ division est atteint et succombe à l'affection régnante.

Enfin un convalescent de fièvre typhoïd est pris de méningite dans nos salles.

Toutefois la discussion détruit une partie de l'importance de ces faits positifs. Le fait de l'importation de la méningite est rendu douteux par la constatation de la maladie sur un chasseur entré à l'hôpital le 7 décembre 1847, le lendemain de son arrivée à Metz.

La communication avec des militaires, pour les malades de la population civile, est au moins incertaine pour plusieurs, et positivement impossible pour l'élève du collège, observé par M. Monard.

Les infirmiers frappés de méningite, n'étaient pas employés dans nos salles, l'élève qui vient de succomber avait subi à l'hôpital un long traitement pour une affection externe.

Entre ces faits contradictoires, est-il permis de trancher une question résolue par presque tous les observateurs, d'une manière négative? Disons au moins que si l'extention de la méningite tient à la transmissibilité de la cause, celle-ci n'a rien de comparable à la contagion positive de la variole, qui frappe constamment dans nos salles les malades que nous sommes forcés de laisser dans la sphère de son activité.

D'ailleurs une affection contagieuse ne s'arrête pas exclusivement sur les jeunes soldats, et il est au moins remarquable que tandis que la méningite confirmée, ne crée pas dans nos salles des foyers d'infection contagieuse, le germe du mal naisse à la caserne au milieu des hommes bien portants?

### Constitution épidémique.

Au moment où la méningite se développait dans la garnison, nous constations l'existence d'une constitution médicale caractérisée par plusieurs des symptômes de la grippe. Plusieurs personnes étaient prises brusquement des accidents suivants: frissons, affaissement subit des forces musculaires, insomnies, douleurs névralgiques; et tandis que ces phénomènes aboutissaient chez les personnes bien soignées à un coryza ou à une éruption herpétique, ils constituaient chez nos soldats toujours imprévoyants et sévères pour eux-mêmes les prodromes d'une méningite trop souvent mortelle.

La coïncidence de la méningite avec une constitution épidémique catarrhale me paraît d'autant plus digne d'être notée que dans le 15.e et le 16.e siècles, la méningite s'est développée dans des conditions semblables, s'il est permis de rapporter à la maladie que nous étudions les mentions vagues de Sennert de Rivière et de Sauvages.

Le développement simultané de la méningite dans plusieurs garnisons à la fois est un fait qui témoigne également de l'existence d'une constitution particulière manifestement en rapport avec certaines conditions de température.

Dans l'épidémie de Genève décrite par Vieusseux et Mathey, l'hiver avait été extrêmement long, le printemps très froid et la végétation retardée.

Toutes les épidémies de l'armée ont eu lieu pendant l'hiver ou le printemps.

Bayonne........ ..Janvier et décembre........ 1837
                        2.ᵉ épidémie, janv. et décem...1838
Versailles...... .de février à juin............1839
                        2.ᵉ épidémie, 1.ᵉ trimestre... 1840
Metz . ........:.de novembre à mars........1840
                      1.ᵉ trimestre. ............1841
Strasbourg.....d'octobre à mars............1840
                      2.ᵉ épidémie, janvier........1841
Nancy.... .... Janvier...... ...... .. ....1841
Colmar .... ....Février avril............. 1841
Le Mans........... .. ......... .. ......1841
Château-Gonthier............. .. .........1841

La plupart des descriptions témoignent de la part qu'ont exercée les conditions de température.

A Rochefort, dit M. Lefébre, les salles habitées par les forçats étaient basses humides mal éclairées ; les vêtements dans un tel degré d'usure et de vétusté qu'ils ne garantissaient ni du froid ni de l'humidité.

Suivant M. Faure, l'épidémie de Versailles a frappé surtout les recrues de la Vienne qui avaient eu une longue route à faire sous des conditions atmosphériques rigoureuses. Arrivés au corps, ces jeunes soldats avaient été soumis immédiatement à des exercices militaires de pied ferme, pratiqués dès le matin et dans l'après-midi, sur les larges avenues de Versailles sillonnées constamment par des courants d'air froid et rapide. Jusqu'à ce que leurs vêtements militaires fussent confectionnés, ils n'avaient eu que leur vêtement léger de la campagne.

L'épidémie en voie de décroissance reprit toute sa vigueur, à la suite d'une revue pendant laquelle le 18.e léger avait été exposé pendant plusieurs heures d'immobilité à un vent froid vif et pénétrant.

L'épidémie de Strasbourg frappa les hommes appelés en 1840, et soumis à toutes les fatigues de la route pendant une saison déjà rigoureuse. Un hiver très-rigoureux ajoute son action à celle des fatigues ; le mois de décembre présente le phénomène rare dans nos climats d'une moyenne au dessous de zéro ; les trois mois de janvier, février et mars ont une moyenne de 0, 96. Le thermomètre descend au-dessous de zéro pendant 50 jours en décembre, 14 en janvier, 15 en février.

L'épidémie de Nantes se développa sous l'influence d'un brusque changement de la température qui, d'un état moyen descendit brusquement à deux, trois, quatre et cinq au-dessous de zéro. Beaucoup de personnes sans être malades se plaignaient de souffrir du système nerveux.

Dans l'épidémie de 1848, j'ai eu l'occasion de constater également l'influence du froid sur le développement et la marche de la méningite. Le 2.e d'artillerie avait fait dans une saison rigoureuse le voyage de Bourges à Metz. Le nombre des malades dans les différents corps était en rapport avec les exigences extrêmes du service : le 2.e léger qui suspend tout exercice ne compte que trois malades ; le 11.e léger qui continue les siens sur l'esplanade de la citadelle, qui envoie chaque matin les conscrits à la promenade militaire par le temps les plus froids a vingt-cinq malades et dix-sept morts ; le 1.er du génie après une promenade militaire faite par une des journées les plus froides de l'année, a quatre-vingts malades exemptés et trois cas de méningite.

Aussi sans mettre en doute la spécificité d'une maladie qui frappe une partie seulement de la population, il est indispensable de tenir compte de toutes les causes qui concourent à son développement, si l'on ne veut se laisser aller à cette tendance excessive de l'esprit qui assigne à la première vue, et sur le champ une cause unique à l'évolution d'une maladie qui n'est peut être que la résultante d'un ensemble de forces concourant toutes à sa production.

Dans l'impossibilité de déterminer la cause des épidémies de méningite, il y aurait peut-être de l'intérêt à les rapprocher des épidémies de bronchites qui accompagnent les fièvres éruptives, et notamment des épidémies observées par nous à Metz en 1841 et à Nantes en 1840 et 1841 par MM. Mahot et Malherbe. Comme la méningite, la maladie resta bornée à la garnison; à Nantes et à Metz elle régna en même temps que des fièvres éruptives; à Nantes enfin on nota l'encombrement des casernes et l'arrivée des conscrits par un temps froid et pluvieux.

Dans les deux épidémies de bronchites observées en même temps à Nantes et à Metz, on retrouve comme dans les épidémies de méningite une maladie d'apparence inflammatoire liée à la marche des saisons, mais se limitant toutefois à une partie seulement de la population, se propageant et se continuant à la manière des affections infectio contagieuses. On pourrait également rapprocher la méningite des épidémies d'angines qui vinrent tout-à-coup effrayer l'Europe, au commencement du dix-septième siècle; elles se développaient en même temps que la scarlatine; elles marchaient avec une fièvre éruptive, qui depuis lors est devenue de jour en jour plus fréquente et plus funeste, et qui semble avoir quelques caractères communs avec notre méningite.

C'est ce qui ressort surtout de l'étude anatomique de cette affection.

### Anatomie pathologique.

Les recherches précises de M. Tourdes, sur les lésions de la méningite, ne nous laissaient que le soin de confirmer ce qu'il a si bien établi; nous n'avons rencontré en effet que des lésions inflammatoires de la séreuse cérébro-spinale, lésions d'autant plus étendues en général que la mort avait été plus prompte, d'autant plus profondes que la vie s'était prolongée plus longtemps.

Toutes nos observations mentionnent la congestion sanguine des sinus osseux et des sinus de la dure-mère.

La cavité arachnoïdienne, tantôt effacée tantôt écartée par de la sérosité sanguinolente, nous a présenté deux fois sur trente des flocons pseudo membraneux d'aspect purulent. Les ventricules dans la moitié des cas étaient le siége d'un épanchement séro sanguinolent, contenant une plus ou moins grande quantité de pus, ordinairement amassé dans la cavité ancyroïde. Les épanchements ventriculaires abondants entraînaient le ramollissement des parties blanches centrales: voûte à trois piliers, cloison transparente, parois ventriculaires, ils étaient particuliers aux formes lentes, aux méningites d'une longue durée.

Mais la méningite se produisait plus évidemment encore par les lésions de la cavité sous arachnoïdienne.

Les veines qui sillonnent les anfractuosités cérébrales, se dessinaient par de larges lignes bleuâtres, et dans les congestions plus anciennes s'étendaient par de belles arborisations, sur la face convexe des circonvolutions. Sur le trajet des vaisseaux se déposaient, ou de la sérosité fibrineuse, ou des

2

masses fibrineuses, ou du pus qui, par leur abondance et leur
réunion, donnaient à la surface externe de l'encéphale un
aspect glacé ou une teinte opaline d'un jaune blanchâtre. Les
productions souvent désignées par les auteurs sous le nom
de pus, nous en ont rarement offert les caractères micros-
copiques.

Dans le plus grand nombre des cas, les lésions constatées
à l'encéphale existaient également au niveau de la moelle
épinière. Mais tandis qu'elles se produisaient à la surface de
l'encéphale, avec une irrégularité qui ne nous permettait
pas de déterminer la loi de leur formation ; elles affectaient
à la moelle une disposition presque régulière, que les auteurs
n'ont pas signalée jusqu'à ce jour et sur laquelle je m'arrê-
terai un moment.

A la moelle, les lésions de la méningite sont d'autant plus
profondes qu'on descend d'avantage vers la partie inférieure
du canal vertébral. De sorte que lorsque la partie supérieure
de la moelle dorsale est recouverte de quelques flocons pseudo
membraneux, la partie inférieure de l'arachnoïde est soulevée
par une couche de plusieurs millimètres d'épaisseur.

Un fait anatomique également intéressant, c'est la limite
de la lésion à la partie postérieure de la moelle, elle ne s'étend
à la partie antérieure que dans les points les plus déclives.

Il m'a semblé que cette double particularité de l'histoire
anatomique de la méningite, méritait d'appeler un moment
l'attention. En la rapprochant en effet des résultats auxquels
sont arrivés MM. Longet et Flourens, sur les effets de
l'éthérisation sur les différentes parties de l'axe cérébro-
spinale, on constate que les maladies comme les poisons, ont
sur nos parties une action successive, et que les portions de
nos organes les plus indispensables à la vie, se trouvent

protégées par une résistance plus grande, une immunité relative contre les causes de destruction et de mort.

Le siège spécial de la lésion à la partie postérieure, et la fréquence des symptômes d'opistothonos confirment également l'opinion de Bellingieri, qui rapporte aux faisceaux postérieurs de la moelle l'action des muscles extenseurs du tronc et celle du sphincters de la vessie et du rectum.

Quoiqu'il en soit de ces considérations, je terminerai ce qui est relatif à l'étude anatomique de la méningite, en mentionnant la rareté des traces de l'encéphalite que je n'ai rencontrées que trois fois sur trente nécropsies. Cette lésion se caractérisait par un pointillé rouge très-rapproché, une coloration jaunâtre et une légère diffluence des parties malades. Elle était disséminée à la surface des circonvolutions; la substance nerveuse de la moelle ne m'a jamais présenté rien de semblable.

### Cœur.

Le cœur est généralement distendu par des caillots décolorés, trois fois nous avons trouvé des traces de péricardite à différents degrés.

### Poumons.

En général, la muqueuse bronchique est uniformément colorée en rouge, les bronches sont ou remplies d'écume bronchique, suite de l'asphixie, ou d'une quantité plus ou moins considérable de muco-pus.

La pleurite, la splénisation du poumon sont des lésions plus rares.

Il m'a paru remarquable que les lésions pulmonaires aient été plus fréquentes à certaines époques de l'épidémie, notamment au début et dans le dernier hiver.

### Tube digestif.

Dans un tiers des cas, et surtout pendant l'hiver de 1848, nous avons trouvé des vers dans le tube digestif: des ascarides au nombre de 2, 4, 18, 24, 30; une fois un tœnia.

D'ailleurs la muqueuse de l'intestin ne nous a jamais offert aucune trace de lésion, la rate était d'un volume ordinaire, le foie et les reins sans caractères particuliers.

Je regrette de n'avoir pas examiné dans tous les cas les amygdales et l'arrière-bouche; dans une de mes dernières nécropsies, je les ai trouvées creusées de petits abcès semblables à ceux que j'ai souvent rencontrés dans la scarlatine.

### Articulations.

Il ne m'est pas arrivé, pendant tout le cours de l'épidémie, de trouver du pus dans les articulations; lésion que j'avais eu l'occasion de constater en 1841, et qui a été signalée par M. Lefebvre de Rochefort; trois de nos malades guéris ont offert les symptômes des épanchements articulaires.

La méningite cérébro-spinale est donc caractérisée anatomiquement par des lésions assez constantes pour qu'il soit permis d'attribuer à la mort l'absence de l'injection dans les terminaisons rapides. A côté de la lésion constante, la maladie fait en quelque sorte efflorescence à la surface des bronches et dans les cavités séreuses des articulations, du péricarde, et de la plèvre; semblable en cela à la plupart des maladies éruptives qui se continuent sur la membrane tégumentaire des bronches, et qui portent fréquemment leur action sur les membranes séreuses.

### Symptômes.

La méningite encéphalo-rachidienne débute brusquement par des frissons violents et pénibles, une céphalalgie frontooccipitale, et dans les cas graves par des vomissements. A ces premiers symptômes succèdent tantôt le délire et les convulsions, tantôt la somnolence et la roideur tétanique, et dans quelques cas une remission trompeuse pendant laquelle la maladie reste latente, pour éclater plus tard par des accidents mortels.

Cette intermittence dans l'expression d'une maladie organique est un fait normal dans les affections du système nerveux. Il a cependant abusé quelques personnes sur la nature de la méningite, et fait admettre l'existence de prodromes; ce que les lésions trouvées après plusieurs méningites rapidement mortelles démentent complètement. Enfin il a fait souvent ajourner l'emploi de moyens thérapeutiques dont l'effet eût été plus efficace, s'ils eussent été employés plus tôt.

Afin de mettre de l'ordre dans l'exposé des symptômes, je rapporterai ceux-ci à la sensibilité, la motilité, l'intelligence, le décubitus, la circulation, la calorification, la respiration, la digestion, les secrétions, l'absorption et la nutrition.

### Troubles de la sensibilité.

Le symptôme dominant dans la méningite est la douleur, le plus souvent fixée à la tête, elle existe d'autres fois au cou, aux lombes et même dans l'épaisseur des membres inférieurs. Lorsque la douleur occupe un autre siége que la tête, elle ne s'y développe qu'après s'être d'abord fait sentir dans ce premier point. En général les douleurs violemment accusées témoignent d'une terminaison heureuse.

Dans les formes graves, à une période avancée des méningites terminées par la mort; la douleur n'est plus accusée par le malade et finit même par n'être plus perçue.

Lorsque la sensibilité est diminuée nous avons constaté que les parties privées de sensibilité sont successivement les parties

supérieures du corps, et en dernier lieu seulement les membres
inférieurs; circonstance inexplicable avec les connaissances
présentes sur le mécanisme des actions nerveuses. D'ailleurs,
dans les méningites apoplectiques, la sensibilité revient successivement dans les membres inférieurs, au tronc, puis à la face
et aux membres supérieurs.

Plusieurs malades ont conservé après la guérison une sur-
dité plus ou moins complète, sans lésion apparente de l'o-
reille; d'autres ont été atteints d'othorrée purulente, compli-
cation qui est devenue elle-même une cause de mort.

### Myotilité.

Le trouble le plus constant de la myotilité est une raideur
convulsive des muscles du cou et du tronc qui donne aux
malades une attitude douloureuse, facilement reconnue par
le médecin.

D'ailleurs les malades sont profondément abattus et ils
ne peuvent s'asseoir dans leur lit, que soutenus par la tête,
les épaules et le tronc.

Les formes graves de la méningite s'accompagnent au début
de convulsions cloniques et toniques, telles que: raideur du
tronc, spasme des machoires, du pharynx, de l'œsophage
et de la vessie, contracture des bras, agitation des membres
inférieurs, soubresault des tendons, occlusion des paupières,
grincement de dents, contraction et immobilité de la pupille.

Toutefois, l'affaiblissement des activités musculaires est
comme action pathologique le fait le plus général dans la
méningite.

Brusquement dans les cas graves, d'une manière successive
dans les formes légères, nous pouvions suivre en quelque
sorte l'extinction de l'activité musculaire dans les muscles des

membres, de la tête et du tronc, la vessie, les intestins, l'œsophage et enfin les poumons, les artères et le cœur.

La mort arrivait toujours par asphyxie, les bronches s'emplissaient de mucosités, une écume mousseuse découlait des lèvres, une sueur froide baignait la peau des malades; le pouls sans résistance offrait au doigt une largeur et une ampliture trompeuse, et dans la poitrine des malades le cœur était le siège de pulsations fortes et accélérées. Une saignée pratiquée à cette période ultime, accélérait la mort des malades.

### Intelligence.

Comme la sensibilité et la motilité, l'intelligence est modifiée par le développement de la méningite. Dans les formes légères les malades répondent d'une manière lente et confuse aux questions qui leur sont faites; ils sont indifférents, ne témoignent aucune inquiétude, et finissent peu à peu dans un état de torpeur dont rien ne peut les tirer. Dans les formes graves l'intelligence est sans aucune expression, la somnolence est complète et rien ne témoigne de la part que les malades prennent encore à la vie extérieure. Dans les formes qui tiennent le milieu entre celles-ci, il existe un délire continu ou intermittent, toujours plus marqué pendant la nuit, enfin, dans les convalescences difficiles, les malades sont irritables, disposés à la méchanceté ou dans un état voisin de la démence; deux fois nous avons observé la perte de la mémoire des mots. L'un de nos malades ne faisait plus usage que de ces seuls mots, *oui* et *non*.

L'insomnie pénible caractérise les méningites légères; dans les méningites graves la somnolence, le coma, le carus se succèdent et marquent les différents degrés d'une agonie à laquelle on ne saurait arracher les malades.

### Décubitus.

Dans les méningites légères, les malades restent couchés sur le côté, la tête fléchie, les membres ramassés sur eux-mêmes; une raideur douloureuse maintient toutes les parties dans une immobilité qui donne à la physionomie et à l'habitude extérieure un aspect particulier.

Dans les formes graves cérébrales, les malades sont couchés sur le dos, les membres inférieurs fléchis, les paupières closes, agitant les membres supérieurs, ramenant sur eux les couvertures du lit, ou portant automatiquement les mains aux parties génitales.

Enfin, dans la convalescence, la faiblesse, la raideur du tronc maintiennent les malades dans l'immobilité. Le plus souvent des eschares se forment au sacrum et ajoutent encore aux souffrances des malades.

### Circulation.

Au début de la méningite le pouls est en général concentré, dur, résistant puis accéléré; dans les formes graves, nous l'avons trouvé ralenti. Quand la méningite se prolonge, le pouls s'accélère, sa fréquence s'élève à 80, 90, 110 pulsations, enfin dans l'agonie il prend de l'amplitude, de la largeur et de la molesse.

La face est plus souvent pâle que congestionnée, dans la période avancée, les veines sous cutanées donnent à la peau une couleur cyanique et quelquefois une teinte marbrée, noirâtre. (Vibices.)

L'hémorragie nasale n'a été notée que 5 fois. Dans un cas elle a manifestement soulagé le malade.

Le sang ne s'est recouvert d'une couenne que d'une manière exceptionnelle, et dans le cas où il s'est présenté à nous avec ce caractère, la couenne était mince, grisâtre, peu épaisse, le caillot mou et peu rétracté.

Le sang des premières saignées ne contenait pas plus de fibrine que dans l'état ordinaire, les chiffres des pesées qu'a bien voulu faire M. le docteur Langlois, oscillent entre 2,50, 3 et 4.

### Calorification.

La peau des malades paraît souvent plus fraîche que dans l'état normal; dans les formes fébriles la chaleur est sèche et âcre au toucher. Le thermomètre permet d'apprécier plus exactement les modifications de la température, il s'élève constamment dans la méningite aussi bien au début qu'à la fin, les variations ont oscillé entre 38 1/2 et 40 1/2. Dans la convalescence nous avons trouvé chez un malade affaibli et languissant un abaissement de plusieurs dégrés.

Les mouvements respiratoires sont courts, sans amplitude, mais ordinairement accélérés; dans les formes graves nous avons noté 40 et 60 inspirations par minute. Les complications pulmonaires sont d'ailleurs restées le plus souvent latentes par l'impossibilité d'ausculter les malades en arrière, et enfin parce que les malades n'expectorent pas. L'un de nos malades qui avait à l'autopsie la trachée et les bronches remplies de muco-pus, n'avait ni toussé, ni expectoré.

### Digestion.

Les troubles des fonctions digestives tiennent surtout à la lésion de la myotilité.

Au début des formes graves, le vomissement est un symptôme à peu près constant, il en est de même de la constipation, qui résiste au moyen les plus énergiques. Dans les méningites mortelles, il y a souvent spasme des machoires et du pharynx ou paralysie de l'œsophage. D'ailleurs les sécrétions muqueuses ne sont ni modifiées en quantité, ni en nature : la langue est nette ou légèrement muqueuse.

### Absorption, sécrétion, nutrition.

Dans les convalescences rapides, les malades accusent un grand besoin de réparation, l'appétit est excessif. D'autres fois, une faiblesse radicale semble frapper les activités nutritives : la peau et les muqueuses sont sèches, l'appétit nul, les gencives saignantes, la maigreur excessive et le corps recouvert d'eschares.

La peau habituellement sèche dans le cours de la méningite a été quelquefois le siége d'une transpiration abondante qui, dans un cas observé par M. Barby et moi, a été vraiment critique. Enfin, dans la moitié des cas environ, la peau a été le siége d'une éruption herpétique plus ou moins abondante des lèvres, du front ou des oreilles.

Les urines n'ont présenté que deux fois un précipité par l'acide nitrique.

Isolés les uns des autres par l'analyse, ces symptômes ne sauraient donner l'idée de la maladie que j'essaie de décrire, je présenterai donc successivement les formes principales qu'elle a offertes.

### Formes.

A côté de toute affection grave, se rencontrent constamment des formes légères qu'il est important d'étudier pour embrasser à la fois toute l'étendue d'une maladie épidémique et déterminer le meilleur mode de traitement.

La méningite a une forme légère caractérisée par des frissons violents, une céphalalgie violente, de l'insomnie, des nausées, de l'affaissement des forces musculaires, une accélération légère du pouls, une élévation de la température cutanée. Ordinairement arrêtée par l'emploi d'une saignée et de quelques applications de sangsues, la forme la plus légère méconnue ou mal traitée peut s'accompagner au bout d'un certain temps des accidents de compression qui précèdent l'asphyxie et la mort.

Dans la forme légère la céphalalgie peut rester bornée à un côté de la tête et simuler une névralgie.

### Méningite légère.

*Début par frissons, céphalalgie vive, saignée du bras, sangsues, guérison prompte.*

Faivre, âgé de 23 ans, né à Vongecourt, département de la Haute-Saône, où il exerçait la profession de menuisier, sert depuis deux ans en qualité de jeune soldat dans le 7.ᵉ bataillon de chasseurs à pied.

Issu de parents sains, d'une constitution forte, d'un tempéramment sanguin, il dit avoir eu plusieurs maladies. Depuis qu'il est au service, c'est sa deuxième entrée à l'hôpital, la première pour fièvre typhoïde.

Le 6 mai, il était de garde à la porte des Allemands. Pendant la nuit, il fut pris de frissons suivis de céphalalgie intense et de nausées. Il est resté au quartier jusqu'au 9 mai, jour de l'entrée du malade dans nos salles. Il présente les symptômes suivants :

Affaissement, réponses lentes, céphalalgie vive, douleurs abdominales.

Saignée de 500 grammes, 30 sangsues, lavement laxatif.

La nuit du 9 au 10 a été très-calme.

10 au matin : décubitus dorsal, face un peu injectée,

température cutanée, 38° Réponses lucides, céphalalgie vive, pas de selle; 56 pulsations.

Bouillon, infusion de sureau.

11 au matin : nuit calme, céphalalgie bien moindre, langue humide, une selle, 50 pulsations; soupe maigre, pruneaux, infusion de sureau.

12 au matin : nuit calme, langue humide, selles régulières, 60 pulsations.

Quart, soupe maigre, pruneaux, infusion de sureau.

Depuis ce moment, le malade n'a plus rien éprouvé, et le 16 mai il a pu sortir de l'hôpital parfaitement guéri.

### Méningite légère.

*Début par des frissons répétés, céphalalgie intense; saignée du bras, sangsues, frictions stibiées; eau de Sedlitz.*

### Guérison rapide.

Vialette, âgé de 22 ans, né à Salles, département du Tarn, sert depuis deux ans et demi en qualité de jeune soldat, dans le 7.ᵉ bataillon des chasseurs à pied. Issu de parents sains, d'un tempéramment sanguin, d'une constitution forte, il exerçait la profession de cultivateur et n'a jamais été malade chez lui. Depuis qu'il est au service, c'est sa première entrée à l'hôpital.

Le 19 avril, par un vent très-froid, il était allé au gymnase. Rentré au quartier, il fut pris de frissons intenses suivis de chaleur et d'une sueur abondante.

Le 20 avril, il était mieux et il retourna au gymnase; il éprouva de nouveaux frissons suivis d'une céphalalgie intense.

Le 21 avril, il ressentit une grande faiblesse dans les

membres, il eut plusieurs vomissements bilieux. Il entra d'urgence à l'hôpital. Nous le vîmes pour la première fois le 21 à cinq heures du soir.

Décubitus dorsal, température cutanée 38 1/2, face décolorée, céphalalgie interne; 110 pulsations; saignée de 500 grammes.

22 au matin : décubitus dorsal, température cutanée, 38°, nuit calme, céphalalgie moindre, réponses lucides, pupilles contractées, langue humide, pas de selle, 72 pulsations; saignée non couenneuse.

Diète, eau gommeuse; 12 sangsues; eau de Sedlitz; frictions stibiées.

22 au soir : 110 pulsations, céphalalgie.

23 au matin : nuit assez calme, pesanteur à la tête, langue humide; 80 pulsations.

Diète, limonade gommeuse, 20 sangsues, frictions stibiées sur les cuisses.

24 au matin : décubitus dorsal; nuit calme, absence de céphalalgie, langue humide; 80 pulsations.

Bouillon maigre, limonade gommeuse; frictions stibiées.

25 au matin : décubitus dorsal, nuit calme, absence de céphalalgie, langue humide, deux selles; 72 pulsations.

Bouillon maigre, limonade gommeuse, potion antispasmodique, frictions stibiées.

Depuis ce jour le malade n'a plus éprouvé aucun accident. Il est sorti complétement rétabli le 10 mai 1849.

### Formes graves.

A des frissons violents, à une céphalalgie intense s'ajoutent, la somnolence, l'agitation musculaire, les soubresauts des tendons; la face est pâle, les pupilles immobiles, la respiration accélérée, les mâchoires contractées, la déglutition impossible, la peau se couvre de taches bleuâtres, l'asphyxie fait des progrès rapides et la mort arrive en quelques heures.

Si, au début de cette forme apoplectique, la connaissance ne revient pas après l'emploi des premiers moyens, les secours les mieux entendus n'empêchent pas l'asphyxie de faire des progrès.

Les exemples suivants faciliteront la connaissance de ces formes apoplectiques.

### Méningite grave.

Mellin, jeune soldat, âgé de 22 ans, né à Hergeais, département du nord, sert en qualité de jeune soldat dans le 70.ᵉ de ligne. Cet homme d'un tempérament sanguin, d'une constitution robuste, d'une conduite très-régulière, était employé comme moniteur à l'école régimentaire.

Le 22 avril 1849 il donnait encore sa leçon.

Le 23 au matin, au dire de ses camarades, il fut pris de frissons violents suivis d'une céphalalgie intense et de plusieurs vomissements bilieux.

Une saignée de bras fut pratiquée au quartier, et le malade fut apporté dans nos salles.

Le 25 avril à deux heures du matin, il présentait les symptômes suivants :

Face vultueuse, agitation très-grande, réponses nulles.

15 sangsues sur les tempes; gilet de force.

A 8 heures du matin. Décubitus dorsal, face injectée

couverte de sueurs, yeux clos, pupilles dilatées, agitation extrême, trismus, réponses nulles; il est impossible d'apprécier le pouls.

Diète, limonade gommeuse; 20 sangsues sur le front; à quatre heures du soir, l'agitation persiste, les pupilles sont dilatées, immobiles.

Le malade succomba le 25 avril à dix heures du soir.

### Nécroscopie.

L'autopsie a été pratiquée le 27 avril à 8 heures du matin:

*Crâne.* — Le cerveau à sa partie inférieure présente un peu de rougeur; des taches d'aspect opalin siégent dans le voisinage de la scissure de Sylvius; la surface convexe du cerveau présente des injections par plaques et par arborisations.

L'arachnoïde est soulevée au niveau des anfractuosités par un liquide opalin; il en est de même à la surface convexe du cervelet.

La substance cérébrale a conservé sa densité, la toile choroïdienne présente une injection très-vive et le ventricule droit renferme une sérosité sanguinolente.

*Moelle.* — La partie postérieure de la moelle présente des taches pseudo-membraneuses à la région dorsale; quelques-unes de ces taches s'observent également à la partie antérieure de la même région.

*Poitrine.* — Les poumons ne présentent rien à noter; la membrane muqueuse des bronches est d'un rouge brun foncé.

*Cœur.* — Les cavités ventriculaires contiennent des caillots décolorés.

*Tube digestif.* — La muqueuse du pharynx présente une coloration rouge uniforme.

Les amygdales présentent du pus réuni en petits foyers plus nombreux du côté gauche.

La muqueuse de l'intestin grêle présente quelques arborisations par places.

La rate est un peu volumineuse, son tissu est rouge, grenu.

### Méningite grave.

*Début indéterminé, agitation, insensibilité, marche rapide, mort le jour de l'entrée du malade à l'hôpital. — Saignée du bras, sangsues, tartre stibié. — Pseudo-membranes à la surface du cerveau et à la face postérieure de la moelle; congestion des poumons.*

Sauffret âgé de 23 ans, né à Saint Laurent, département des Basses-Alpes, sert depuis un an en qualité de jeune soldat dans le 7.ᵉ bataillon des Chasseurs à pied. D'un tempérament sanguin, d'une constitution forte, à système musculaire très-développé, cet homme exerçait la profession de cultivateur et depuis qu'il est au service c'est sa première entrée à l'hôpital.

Cet homme nous fut envoyé d'urgence sans renseignements.

Nous apprîmes seulement de la bouche de ses camarades, qu'il s'était fait porter malade le 23 janvier au matin; que dans la nuit du 23 au 24, il eut du délire, de l'agitation et plusieurs vomissements.

Il fut pour la première fois soumis à notre observation

le 24 janvier à la visite du matin, et voici ce que nous
constatâmes :

Décubitus dorsal, pâleur de la face, mouvements auto-
matiques, sensibilité obtuse, réponses nulles, plaintes; yeux
clos, pupilles contractées, immobiles, quatre-vingts pulsations.

Diète; limonade gommée trois litres; saignée de quatre cents
grammes; quatre vingts sangsues sur le front; potion stibiée à 0, 3.

24 janvier à quatre heures : yeux clos, un peu chassieux;
pupilles dilatées; agitation violente qui nécessite l'applica-
tion du gilet de force, pas de réponse.

A six heures du soir, décubitus dorsal; visage pâle,
couvert d'une sueur froide visqueuse, yeux à demi fermés,
immobiles, chassieux, ternes; insensibilité complète, écume
abondante à la bouche, râle muqueux à distance.

Le malade succombe à huit heures du soir.

### Nécroscopie.

L'autopsie a été pratiquée le 26 à huit heures du matin.

*Habitude extérieure.*— Sujet bien musclé, coloration
livide de la face postérieure du tronc et des membres, raideur
cadavérique peu prononcée, muscles fermes.

*Crâne.*— Il s'écoule une grande quantité de sang à l'ouverture du crâne; la grande cavité de l'arachnoïde contient
peu de sérosité; les veines de la superficie du cerveau sont
détendues par une grande quantité de sang.

La surface externe du cerveau présente un aspect opalin
général, prononcé surtout le long des vaisseaux de la scissure
de Sylvius.

3

Les ventricules latéraux contiennent quelques grammes de sérosité.

Les lobes moyens du cerveau paraissent légèrement ramollis.

Le canal rachidien ne présente rien à noter.

La face postérieure de la moelle est tapissée surtout dans son tiers inférieur par une couche mince de fausses membranes qui donnent à cette face postérieure le même aspect opalin que nous avons noté sur la face externe des hémisphères cérébraux.

2.° *Thorax.* — Les deux poumons sont congestionnés vers leur bord postérieur et les incisions que l'on pratique dans ces portions donnent issue à une grande quantité de sang. Ils crépitent dans toute leur étendue.

Les bronches présentent une coloration d'un rouge foncé uniforme, et sont remplies de mucosités spumeuses très-abondantes.

Le péricarde est sain.

Le cœur ne présente rien à noter qu'un petit caillot fibrineux dans le ventricule droit.

3.° *Abdomen.* — Le tube digestif n'a pas été ouvert.

Le foie, la rate, les reins et la vessie sont à l'état normal.

### Méningite grave.

*Début par frissons, céphalalgie, vomissements, perte de connaissance, convulsions, coma, marche rapide. Saignée du bras; soixante sangsues. — Mort le jour de l'entrée à l'hôpital. — Arborisations de la pie-mère. Aspect opalin de la surface des circonvolutions, sérosité dans les ventricules, taches opalines à la partie postérieure de la moelle. — Coloration rose uniforme des bronches.*

Barat, âgé de 22 ans, né à Saint Brisson, département de la Nièvre où il exerçait la profession de cultivateur, sert depuis deux ans en qualité de jeune soldat dans le 8.e d'artillerie. Il est arrivé depuis treize jours de Besançon ; il est d'un tempéramment sanguin et d'une constitution robuste.

Le 15 mai 1849 au soir, il fut pris, au dire de ses camarades, de frissons suivis de céphalalgie et de quelques vomissements bilieux.

La nuit du 15 au 16 fut très-agitée.

Le 16 au matin, le malade avait perdu connaissance et il fut apporté à l'hôpital à 10 heures dans l'état suivant :

Perte de connaissance et de la parole, violente agitation, mouvements convulsifs auxquels succèdent de temps en temps l'affaissement et le coma; pupilles très-dilatées, regard égaré, pouls à l'état normal.

Saignée de six cents grammes; applications successives de soixante sangsues.

A trois heures, sueurs très-abondantes; le soir, perte complète de la sensibilité, paralysie générale, pouls très-fréquent, râle trachéal.

Le malade succombe à minuit un quart.

### Nécroscopie.

L'autopsie a été pratiquée le 18 mai 1849 à sept heures du matin.

*Habitude extérieure.*— Sujet bien musclé, coloration livide de la partie postérieure du tronc et des membres ; rigidité cadavérique peu prononcée.

2.e *Crâne.*— Congestion vive de la partie supérieure du cerveau ; arborisation fine à la surface des circonvolutions ;

le long des veines qui rampent dans les anfractuosités, coloration blanchâtre sous arachnoïdienne dépendante d'un dépôt pseudo-membraneux; à la face inférieure du cerveau, rien
à noter ci ce n'est la congestion.

Les ventricules contiennent dans leur bas-fond un liquide
rougeâtre, légèrement floconneux, les parois ventriculaires
sont un peu ramollies, il en est de même de la substance
blanche, centrale.

La moelle épinière présente quelques taches opalines à la
partie postérieure le long de la veine spinale postérieure.

3.° *Thorax.* — Le cœur dans les cavités droites contient
un sang noir, fluide.

Les poumons sont rosés à l'extérieur; à la partie postérieure et à leur base ils présentent de la congestion hypos-
tatique; ils surnagent dans toutes les parties.

Les bronches sont uniformément colorées en rouge et par
la pression on fait sortir des plus petites divisions bronchiques
des mucosités spumeuses.

4.° *Abdomen.* — La petite courbure de l'estomac et la
portion cordiaque de l'estomac tranchent par leur coloration
blanchâtre sur la coloration brune de la portion pylorique;
les veines se dessinent sous la muqueuse blanchâtre; cette
muqueuse est ramollie dans plusieurs de ses parties.

L'intestin grêle est sain à part un peu de psorentérie dans
sa partie inférieure; il renferme trois vers lombrics.

La rate est petite, d'une consistance normale.
La bile à une coloration noirâtre.
Les reins sont à l'état normal.

Entre ces deux formes d'une intensité si différente, il faut

placer 'les méningites moins graves, caractérisées par les
mêmes symptômes à l'invasion, et par du délire ou des
symptômes de méningite spinale. Dans le premier cas, le
délire qui, au début, ne se montre que pendant la nuit, se
continue, se complique de stupeur, d'affaiblissement musculaire, d'élévation de la température cutanée et d'accélération
du pouls. Dans le deuxième cas, l'intelligence affaiblie s'exerce
encore incomplétement, les malades convulsés, la tête ren-
versée en arrière, accusent par des cris lamentables les douleurs qui les assiégent, la face exprime l'anxiété, la respiration est courte, accélérée; et si une détente ne met fin à
cette scène de douleur, les bronches s'engouent, une écume
mousseuse remplit la bouche du malade, une sueur froide
recouvre la peau, et la mort termine une pénible agonie.

Enfin, comme toutes les affections, la méningite peut être
en quelque sorte latente, et ne se déceler que dans la période
asphyxique.

### Méningite cérébro spinale.

*Début par céphalalgie, faiblesse générale; délire, ri-
gidité de la colonne vertébrale. — Dysurie. — Sangsues.
— Eau de Sedlitz. — Vésicatoires aux mollets. — Guérison.*

Caron, âgé de 22 ans, né à Crecy, département de la
Somme, où il exerçait la profession de manouvrier, sert depuis neuf mois en qualité de jeune soldat, dans le 24.e de
ligne. — Issu de parents sains, d'un tempérament sanguin,
d'une constitution moyenne, il s'est toujours bien porté chez
lui. — Depuis qu'il est au service sa santé est moins bonne,
il est entré une fois à l'hôpital pour une fièvre intermittente.

Le 31 mars il était allé chercher du charbon en Chambiére,

et pendant la course il éprouva un peu de céphalalgie. — De retour à la caserne il éprouva un malaise général et se coucha.

La nuit fut assez calme.

Le 1.<sup>er</sup> au matin la céphalalgie persistait, et le malade éprouvait de la faiblesse dans tous les membres.

La nuit du 1.<sup>er</sup> au 2 fut agitée.

Le 2 avril, la céphalalgie était très-vive, le malade fut dirigé sur l'hôpital où nous le vîmes ce jour même à 3 heures du soir.

Décubitus dorsal, face injectée, céphalalgie vive, agitation, réponses lucides; 72 pulsations.

50 sangsues sur le front.

La nuit fut assez calme.

Le 3 au matin. — Décubitus dorsal, céphalalgie moins vive, rigidité dans la colonne vertébrale, réponses lucides, langue blanchâtre, humide. — Gencives nacrées, ventre in-dolore; une selle; 80 pulsations irrégulières.

Diète; limonade gommeuse; fomentations.

Vers six heures du soir, agitation, délire, le malade veut sortir de son lit.

Le 4 avril au matin. — Décubitus sur le côté gauche, malade ramassé sur lui-même, yeux hagards, rigidité dans la colonne vertébrale, réponses incohérentes, langue humide, une selle; 80 pulsations.

Diète. — Limonade gommeuse; eau de Sedlitz; 60 sang-sues.

Le 4 au soir. — Décubitus dorsal, yeux clos, fixes, diva-gation; 80 pulsations.

Vers 5 heures, agitation qui a persisté pendant toute la nuit, cris, plaintes, efforts pour sortir du lit. — On applique le gilet de force.

Le 5 avril au matin. — Décubitus dorsal, face un peu injectée, yeux clos, fixes, pupilles immobiles, le malade répond comme un homme ivre, langue blanchâtre, humide; pas de selle.

Diète, limonade gommeuse 3. — 2 vésicatoires aux cuisses.

Le 5 au soir. — Face injectée, yeux clos, réponses incohérentes, 90 pulsations.

Le 6 au matin. — Yeux clos, décubitus dorsal, nuit assez calme, céphalalgie légère, langue blanchâtre, humide, gencives nacrées, 2 selles; 90 pulsations.

Bouillon maigre, limonade gommeuse 3. Lavement émollient.

Le 6 au soir. — Douleur abdominale; le malade ne peut uriner; 100 pulsations.

Cathétérisme.

Dans la nuit du 6 au 7 délire, efforts pour sortir du lit.

Le 7 au matin. — Décubitus dorsal; pommettes injectées, pupilles dilatées, langue un peu sèche, sale; une selle; 90 pulsations, rétention d'urine.

Bouillon maigre, limonade gommeuse 3. Lavement émollient; cataplasme. — Cathétérisme.

Le 8 au matin. — Décubitus dorsal; nuit assez calme; langue blanchâtre, sèche, pas de selle; 100 pulsations; urines faciles.

Vermicelle au lait, limonade gommeuse 5 cat.

Le 8 au soir. — 90 pulsations.

A 11 heures du soir, céphalalgie intense.

20 sangsues sur le front. — Délire pendant toute la nuit.

Le 9 au matin. — Décubitus dorsal, assoupissement, céphalalgie moindre; langue sâle sèche; une selle, 96 pulsations.

Bouillon maigre, limonade gommeuse 3.

Le 9 au soir. — Face chaude. — Absence de céphalalgie; difficulté pour uriner; 100 pulsations.

La nuit a été calme.

Le 10 au matin. — Décubitus dorsal, somnolence, pupilles légèrement dilatées, réponses lucides, langue humide, une selle, urines faciles.

Bouillon maigre, pruneaux, limonade gommeuse 3.

Le 11 au matin. Décubitus dorsal, nuit calme; douleurs lombaires, sentiment de pesanteur à la tête, réponses lucides, langue blanchâtre, humide, pas de selle. — Soupe, pruneaux, œuf à la coque; limonade gommeuse 3.

Le 12 avril. — Nuit assez calme, un peu de céphalalgie, langue blanchâtre, deux selles, 80 pulsations.

Soupe au lait, œuf à la coque, limonade gommeuse 3.

Le 13 avril. — Décubitus dorsal; nuit calme, douleur à la nuque, langue blanchâtre, humide; une selle, 72 pulsations.

Soupe au lait, œuf à la coque, limonade gommeuse 3. Vésicatoires aux mollets.

Le 14. — Nuit calme, langue blanchâtre, humide; une selle, 84 pulsations.

Soupe, pruneaux, limonade gommeuse 3.

Le 15. — Nuit calme, absence de céphalalgie; les mouvements de la colonne vertébrale sont faciles; langue blanchâtre, humide, une selle; 70 pulsations.

Soupe, pruneaux, limonade gommeuse 3.

Le 15 au soir. — 70 pulsations.

Le 21. — Sommeil paisible, langue humide, selles régulières; 80 pulsations.

Quart soupe, pruneaux, limonade gommeuse 2.

Le 23. — Langue blanchâtre, humide, une selle; 80 pulsations.

Quart soupe maigre et pruneaux, limonade gommeuse 2.

Le 28 avril. — Convalescence commençante.

Quart soupe maigre, légumes, limonade gommeuse 2.

Le malade sort le 17 mai 1849.

### Méningite cérébro spinale.

*Début par frissons, céphalalgie, vomissements bilieux; élévation de la température cutanée jusqu'à 40°, délire, selles involontaires; céphalalgie revenant par accès le soir; saignée du bras, sangsues, eau de Sedlitz, frictions stibiées, sinapismes, sulfate de quinine opiacée. — Retour à la santé.*

Muret, âgé de 18 ans, né à Toul, département de la Meurthe, où il était étudiant, sert depuis neuf mois en qualité d'engagé volontaire, dans le 3.ᵉ régiment du génie. Issu de parents sains, d'un tempérament lymphatique, d'une constitution moyenne; il n'a jamais été malade, et depuis qu'il est au service c'est sa première entrée à l'hôpital.

Le 10 avril 1849, par un temps assez froid, il était allé à

l'exercice à la Lunette; rentré à la caserne il fut pris de frissons suivis d'une céphalalgie intense, et de quatre vomissements bilieux.

Il reste néanmoins à la caserne jusqu'au 14 avril 1849, jour où il fut envoyé d'urgence dans nos salles.

Le malade à la contre-visite paraît affaissé, il répond d'une manière vague aux questions qui lui sont adressées, accuse une violente céphalalgie, le pouls est fréquent, large.

Saignée du bras de 500 grammes, 36 sangsues sur le front.

15 avril au matin. — Décubitus dorsal, température cutanée + 39 $\frac{1}{2}$, face pâle, pupilles dilatées, divagation aussitôt qu'on abandonne le malade à lui-même; céphalalgie intense, agitation et délire pendant toute la nuit; langue sàle, humide; 120 pulsations, 24 inspirations.

Diète; eau gommeuse, une bouteille d'eau de Sedlitz, 36 sangsues sur le front.

16 au matin. — Décubitus latéral droit; température cutanée + 39°; yeux clos, pupilles un peu contractées, mobiles; le malade répond comme un homme ivre; agitation et délire pendant toute la nuit, une selle involontaire, langue, blanchâtre, humide, 90 pulsations, 52 inspirations, crachats muqueux.

Diète, eau gommeuse; 9 grammes de pommade stibiée pour frictions sur les cuisses.

17 au matin — Décubitus sur le côté gauche, le malade est ramassé sur lui-même; insomnie, délire pendant toute la nuit; vers deux heures du matin le malade a éprouvé des frissons et une céphalalgie intense, langue blanchâtre, humide, gencives nacrées, une selle, 96 pulsations, 28 inspirations; température axillaire + 38°.

Bouillon maigre; eau gommeuse.

17 au soir. — Décubitus latéral droit, 120 pulsations ; le malade accuse une vive céphalalgie.

16 sangsues aux apophyses mastoïdes.

18 avril. — La nuit a été calme, et le malade a eu un peu de sommeil ; céphalalgie moins vive, réponses assez lucides, langue blanchâtre ; pas de selle ; 84 pulsations, 14 inspirations ; température cutanée + 38°.

Bouillon maigre ; eau gommeuse, lavement simple, 8 grammes de pommade stibiée pour frictions sur les cuisses.

19 avril. — Température axillaire + 38° ; divagation jusqu'à 9 heures du soir, puis repos, réponses lucides, un peu de rigidité dans la région cervicale, langue blanchâtre ; 80 pulsations, 14 inspirations, 4 selles.

Bouillon maigre, eau gommeuse, frictions stibiées.

20 au matin. — Nuit assez calme, 84 pulsations.

21 au matin. — Nuit calme, un peu de rigidité dans la région cervicale, réponses lucides, langue humide, une selle ; 80 pulsations.

Bouillon maigre, eau gommeuse.

21 au soir. — 80 pulsations, céphalalgie vive.

12 sangsues aux apophyses mastoïdes.

22 au matin. — Nuit calme, rigidité dans la région cervicale, langue humide, une selle, 80 pulsations.

Bouillon maigre, eau gommeuse.

23 au matin. — Température cutanée + 40°, nuit assez calme, une selle involontaire, langue humide, 84 pulsations.

Bouillon maigre, eau gommeuse.

24 au matin. — Décubitus dorsal, température cutanée

+ 40, insomnie, céphalalgie, langue humide, pas de selle,
80 pulsations.

Bouillon maigre; eau gommeuse, sulfate de quinine 0,5
opiacé à dix gouttes.

25 au matin. — Décubitus latéral gauche, insomnie, absence de céphalalgie; langue humide, pas de selle; 72 pulsations.

Bouillon maigre, eau gommeuse, potion avec sulfate de
quinine 0,5 et teinture d'opium dix gouttes.

27 avril. — Température cutanée + 38°, douleurs dans
les jambes assez fortes pour troubler le sommeil, céphalalgie
dans la journée, 72 pulsations.

Mêmes prescriptions.

28 avril. — Insomnie, mêmes douleurs dans les membres
inférieurs, absence de céphalalgie, anorexie; 100 pulsations.

Bouillon maigre, pomme cuite, eau gommeuse.

50 avril. — Persistance de la douleur dans les membres
inférieurs, insomnie, langue humide; 90 pulsations.

Vermicelle au gras, pruneaux, eau gommeuse.

1.er mai. — Insomnie, agitation; 90 pulsations.

Vermicelle gras. — Pruneaux, eau gommeuse.

1.er au soir. — Céphalalgie intense vers trois heures.

Deux sinapismes ont été appliqués aux jambes.

2 au matin. — Décubitus dorsal, température cutanée
+ 38 1/2, nuit calme, absence de céphalalgie, langue humide, pas de selle; 80 pulsations.

Bouillon, pruneaux, eau gommeuse, lavement laxatif.

4 au matin. — Nuit calme, pas de céphalalgie, langue humide, pas de selle ; 76 pulsations.

Soupe, pruneaux, eau gommeuse.

5 au matin. — Nuit calme, pas de céphalalgie, langue humide, pas de selle ; 80 pulsations.

Soupe, panade, pruneaux, eau gommeuse.

6 au matin. — Nuit calme, langue humide ; 60 pulsations.

Soupe maigre, pruneaux, eau gommeuse.

7. — Céphalalgie vers 5 heures du soir ; 80 pulsations. Mêmes prescriptions ; sinapismes.

8. — Absence de céphalalgie, langue humide, une selle ; 80 pulsations.

Soupe panade, pruneaux, eau gommeuse.

Comme le malade était à peu de distance de son pays, il a pu sortir de l'hôpital, faible encore, avec un congé de convalescence de trois mois.

### Méningite cérébro spinale.

*Début par des frissons violents, céphalalgie vive, raideur dans la colonne vertébrale; délire; bronchite profonde, latente; durée assez longue; saignée du bras, sangsucs vésicatoires. — Mort.*

*Peu de lésions du côté du cerveau, splénitation du lobe inférieur gauche, quantité considérable de pus phlegmoneux dans les bronches.*

Rousseau Pierre âgé de 21 ans, né à Lorris, département du Loiret, sert depuis six mois en qualité de jeune soldat, dans le 7.e bataillon de chasseurs à pied, caserné à la Basse-Seille. Issu de parents sains, d'un tempérament sanguin, d'une constitution forte, il exerçait la profession de menuisier et il n'a jamais eu d'autre maladie qu'une fièvre qui a duré huit jours.

Dans la nuit du 23 au 24 octobre, par un froid très-piquant il montait la garde au pénitencier militaire lorsqu'il fut pris de quelques frissons suivis de chaleur et d'un peu de malaise.

Le 25 octobre. — Après le repas du soir il était allé se promener avec un de ses camarades; il fut pris tout-à-coup de frissons violents qui diminuèrent bientôt mais qui persistèrent pendant toute la nuit du 25 au 26 ; en même temps il ressentit une céphalalgie intense.          .

Le 26 octobre au matin. — Le malade n'avait point encore pu se réchauffer et le mal de tête persistait avec la même intensité.

Envoyé d'urgence à l'hôpital, il fut pour la première fois soumis à notre observation le 26 octobre à une heure de l'après-midi.

Décubitus dorsal, face injectée et couverte de sueur, chaleur frontale intense; céphalalgie vive, raideur, dans la région cervicale; intelligence nette, réponses lucides, le malade s'agite sans cesse dans son lit et ne peut pas conserver un instant la même position; yeux sensibles à la lumière; sensibilité générale exagérée, langue blanchâtre humide, gencives nacrées, ventre indolore, pas de selle depuis le 24 ; soixante pulsations fortes, résistantes.

Saignée du bras de 500 grammes.

A quatre heures du soir. — Décubitus dorsal, facies un peu décoloré, persistance de la chaleur et de la céphalalgie frontales, même agitation, réponses brèves.

Trente sangsues sur le front.

A six heures du soir. — Céphalalgie vive, agitation; 70 pulsations.

27 décembre au matin. — Décubitus dorsal, insomnie, céphalalgie moindre, yeux sensibles à la lumière et à la palpation, intelligence bien nette, réponses lucides, langue blanchâtre humide, un vomissement, cinq selles, 60 pulsations; saignée à couenne peu épaisse, d'un jaune verdâtre.

Diète, limonade gommeuse, vingt sangsues.

27 au soir. — Peau chaude et sèche, réponses brèves, langue blanchâtre humide; 80 pulsations.

28 au matin. — Même décubitus, injection de la face qui est couverte de sueur, céphalalgie plus forte, yeux très-sensibles à la lumière, pupilles mobiles, herpès labialis, langue blanchâtre humide, gencives nacrées, trois vomissements, une selle; 80 pulsations.

Diète, eau gommeuse 5, vingt sangsues, potion stibiée à 0,5.

28 au soir. — Décubitus sur le côté gauche; peau chaude et moite, face injectée, céphalalgie moindre; 80 pulsations.

29 au matin. — Décubitus dorsal, même injection de la face, nuit assez calme; céphalalgie légère, raideur considérable dans la région cervicale, langue blanchâtre, humide, soif assez vive; 80 pulsations.

Bouillon, eau gommeuse 5.

29 au soir. — Douleur le long de la colonne rachidienne; 90 pulsations.

Dans la nuit du 29 au 50. — Délire tranquille, le malade ne cesse de parler à voix ordinaire.

50 au matin. — Décubitus dorsal, face injectée, moite;

chaleur frontale, beaucoup de loquacité; langue blanchâtre, humide, gencives nacrées, pas de selle; 80 pulsations.

Diète, eau gommeuse, potion stibiée à 0,3.

50 au soir. — 90 pulsations.

Le 31 décembre et le 1.er janvier. — L'état du malade est le même. Bouillon, eau gommeuse.

2 janvier 1849. — Décubitus dorsal, nuit assez calme, absence de céphalalgie, lèvres entourées de croûtes noirâtres sèches, langue blanchâtre humide, gencives nacrées, soif modérée, pas de selle; 80 pulsations, urines faciles.

Bouillon, pruneaux, limonade gommeuse.

5 janvier. — L'état du malade est le même.

Bouillon maigre, limonade gommeuse.

4 janvier. — Décubitus dorsal, un peu de sommeil pendant la nuit; pas de céphalalgie, langue humide, une selle; 60 pulsations.

Soupe, bouillon, pruneaux, limonade gommeuse.

5 janvier. — Décubitus dorsal, peau chaude et humide, nuit assez calme; de temps à autre céphalalgie légère; 70 pulsations.

Quart, soupe maigre, pruneaux, eau gommeuse.

6 janvier. — Même décubitus, peau fraîche, langue blanchâtre, humide, deux selles; 60 pulsations.

Quart, soupe maigre, pruneaux, limonade gommeuse.

7 janvier. — Nuit calme, raideur dans la région cervicale, langue humide, une selle; 80 pulsations.

Quart soupe maigre; pruneaux, eau gommeuse.

8 janvier au matin. — Même état.

8 à sept heures du soir. — Céphalalgie vive ; 30 sangsues sur le front.

9 janvier au matin. — Décubitus dorsal, céphalalgie moindre, langue blanchâtre, humide ; 80 pulsations.

Bouillon maigre, eau gommeuse, potion nitrée à 4 gramm.

10 au matin. — Nuit calme, pas de céphalalgie, langue humide, un peu blanchâtre, une selle ; 70 pulsations.

Soupe, pruneaux, eau gommeuse, potion nitrée à 4 gr.

10 au soir. — Céphalalgie, agitation ; 70 pulsations.

11 au matin. — Décubitus dorsal, céphalalgie moindre.

Bouillon. — Eau gommeuse.

11 au soir. — 80 pulsations.

12 au matin. — Décubitus dorsal, agitation et délire tranquille pendant la nuit ; le malade n'accuse aucune douleur, langue humide ; 80 pulsations.

Lait, eau gommeuse, 4 pilules de jalap et d'aloès.

Dans la nuit du 12 au 13 agitation, délire, plaintes incessantes ; le malade arrache les pièces de linge qui recouvrent ses vésicatoires.

13 au matin. — Décubitus dorsal, face injectée ; le malade dit qu'il va bien : langue humide ; 80 pulsations.

Lait, eau gommeuse, 4 pilules de jalap et d'aloès.

13 au soir. — 80 pulsations.

14 au matin. — Décubitus dorsal, température cutanée à peu près normale, pupilles légèrement dilatées, sensibles à la lumière ; abdomen sensible à la pression, langue humide, pas de selle ; 80 pulsations. Emission des urines facile.

Lait, eau gommeuse, 4 pilules de jalap et d'aloès.

14 au soir. — Décubitus dorsal, 90 pulsations, raideur dans toute la colonne vertébrale.

15 au matin. — Même décubitus, face injectée, persistance de la raideur et de la douleur le long du rachis; sensibilité à l'épigastre, langue blanchâtre, humide, une selle.

Lait, eau gommeuse, 4 pilules de jalap et d'aloès.

Dans la nuit du 15 au 16. — Agitation et délire; le malade enlève plusieurs fois ses pièces de pansement.

16 au matin. — Décubitus dorsal, pupilles dilatées, raideur dans tout le rachis, léger opisthotonos, paroles un peu incohérentes, langue blanchâtre, humide; légère douleur dans l'arrière gorge, injection de la muqueuse de la luette et des piliers du voile du palais qui sont recouverts d'un liquide d'un blanc jaunâtre un peu visqueux, gêne dans la déglutition, pas de selle; 90 pulsations; le malade accuse un sentiment d'oppression dans la poitrine; à l'auscultation on n'entend rien parce qu'il respire mal; expectoration nulle.

Lait, eau gommeuse; 4 pilules de jalap et d'aloès.

Dans la nuit du 16 au 17. — Agitation et délire.

17 au matin. — Persistance de la raideur dans le rachis, paroles incohérentes, pupilles dilatées, mobiles; langue humide, un peu blanchâtre, oppression; 2 selles; 90 pulsations très-faibles; bruits du cœur réguliers, très-faibles aussi; pas d'urine depuis vingt-quatre heures.

Soupe au lait, eau gommeuse, 4 pilules de jalap et d'aloès.

Dans la nuit du 17 au 18. — Agitation continuelle, insomnie.

18 au matin. — Décubitus dorsal; chaleur de la peau sensiblement diminuée, langue blanchâtre humide; digestion

plus facile, une selle; pouls fréquent à peine perceptible; bruits du cœur très-faibles, urines assez abondantes.

Soupe au lait, pruneaux, eau gommeuse, mêmes pilules, pédiluve sinapisé.

18 au soir. — 90 pulsations très-faibles, agitation.

19 au matin. — Décubitus dorsal, peau froide, sèche, langue blanchâtre, humide, une selle; pouls à peine sensible, très-fréquent; gêne dans la respiration.

Soupe au lait, pruneaux, eau gommeuse, potion antispasmodique.

19 au soir. — Décubitus dorsal, paleur de la face, yeux clos, un peu ternes; hoquet, pouls très-faible.

Le hoquet persista jusqu'à dix heures du soir, et le malade succomba à onze heures sans pousser aucune plainte.

### Nécroscopie.

L'autopsie a été pratiquée le 22 janvier à huit heures du matin.

1.° *Habitude intérieure.* — Sujet non émacié, raideur cadavérique peu prononcée, coloration livide de la partie postérieure du tronc et des membres; la surface des vésicatoires des cuisses est sèche, d'un rouge noirâtre, et leur circonférence est entourée de quelques phlyctènes, les muscles sont rougeâtres fermes.

2.° *Crâne.* — A l'ouverture du crâne, il s'écoule une grande quantité de sang; la grande cavité de l'arachnoïde contient quelques grammes de sérosité; les veines qui rampent entre les circonvolutions cérébrales sont gorgées de sang, la pie-mère présente une arborisation assez fine; les deux ventricules latéraux qui contiennent très-peu de sérosité présentent un aspect légèrement opalin dû à la présence de quelques fausses membranes, peu épaisses et peu étendues, et de plus une vascularisation assez remarquable surtout du côté gauche; les lobes moyens du cerveau paraissent un peu ramollis et l'aqueduc de Sylvius est un peu agrandi.

Le canal rachidien et la moelle épinière ne présentent rien à noter.

5.° *Thorax.* — Le cœur présente dans son ventricule droit une concrétion fibrineuse assez considérable qui s'étend jusque dans l'oreillette et dans l'artère pulmonaire; cette concrétion est constituée par deux parties; une partie centrale fibrineuse, résistante et jaunâtre, tout-à-fait analogue à la couenne inflammatoire; et une partie extérieure, mince, rougeâtre, couenne membraneuse.

Le ventricule gauche présente une concrétion fibrineuse très-petite.

Le péricarde est parfaitement sain.

Les deux poumons sont libres dans la cavité thoracique; le poumon droit est sain; le poumon gauche présente à l'extérieur, vers son lobe inférieur une coloration noirâtre; ce lobe est dense, gorgé de sang, les coupes que l'on pratique dans son intérieur donnent issue à un liquide séro-sanguinolent nullement aéré, et mettent à nu son aspect lisse, non granuleux, d'un rouge obscur; des portions de ce lobe projetées dans l'eau se précipitent immédiatement au fond du liquide; le lobe supérieur de ce poumon est très-crépitant, spongieux, d'un rouge vif à l'intérieur.

Quand on pratique des coupes dans l'intérieur des deux poumons, ou que l'on comprime légèrement le tissu pulmonaire, on voit sourdre à la surface des incisions un liquide d'une coloration jaunâtre, d'une consistance crémeuse, en un mot da pas louable, lequel s'échappe évidemment des petites divisions bronchiques; ce liquide remplit les grosses bronches et se trouve accumulé en grande quantité à la bifurcation de la trachée artère. Les bronches présentent une injection très-prononcée dans toute leur étendue; cette injection ne remonte pas dans la trachée, ni dans le larynx qui sont sains.

4.° *Abdomen.* — L'estomac et le tube digestif sont sains ; ils sont colorés en brun par de la bile.

Le foie est à l'état normal; la vésicule biliaire est remplie d'une bile d'un vert foncé, très-fluide. La rate est volumineuse, d'une consistance normale.

Les reins ne présentent rien à noter. La vessie est distendue par une assez grande quantité d'urine et présente dans son bas-fond un pointillé assez fin.

### Méningite latente contractée à l'hôpital.

*Début d'une manière sourde; céphalalgie assez vive, faiblesse extrême, gène dans la déglutition; délire tranquille dans la dernière nuit; mort. — Pus dans la cavité arachnoïde et dans les ventricules latéraux du cerveau.*

Faffard âgé de 21 ans, né à Andraullet département de la Mayenne, sert depuis six mois dans le 15.° d'artillerie. Il entra pour la première fois à l'hôpital de Metz le 17 octobre 1848. Il était malade depuis cinq jours.

Il présenta tous les symptômes d'une fièvre typhoïde compliquée d'une bronchite assez intense pour nécessiter l'emploi du tartre stibié et d'un vésicatoire.

Ce vésicatoire qui fut entretenu pendant quelques jours, fut bientôt affecté de pourriture d'hôpital.

A cette époque le malade fut atteint d'une varioloïde très-bénigne.

Enfin tous ces accidents ayant disparu, le malade entra en pleine convalescence et le 6 octobre on put lui accorder les trois quarts.

L'état du malade était on ne peut plus satisfaisant et déjà il commençait à recouvrer ses forces, lorsque le 28 octobre sans cause connue il fut pris de céphalalgie et d'un mal de gorge intense.

29 octobre. Face tuméfiée, rouge; céphalalgie vive, déglutition difficile, parole embarrassée, voix fortement nasonnée; la gorge examinée avec soin ne présente rien de particulier, la muqueuse de la bouche, du pharynx, des amygdales parait être à l'état normal, pouls très-fréquent.

Le 30 et le 31, les symptômes s'aggravèrent, la faiblesse du malade devint extrême au point qu'il lui fut impossible de s'asseoir sur le lit.

Dans la nuit du 31; délire tranquille, plaintes; le malade réclame sa mère; il succombe le 1.er janvier 1849 à 4 heures du matin.

### Nécroscopie.

L'autopsie fut pratiquée le 2 janvier à 8 heures du matin.

*Habitude extérieure.* Sujet un peu émacié; peau d'un blanc mat, infiltration légère du tissu cellulaire sous cutané; muscles pâles, un peu flasques.

*Crâne.* Toutes les veines de la périphérie du cerveau sont gorgées de sang; la grande cavité de l'arachnoïde renferme dans toute son étendue un épanchement considérable de sérosité purulente, blanchâtre; épanchement qui est surtout abondant vers la base du cerveau.

Les deux ventricules latéraux contiennent un peu de sérosité trouble et dans leur corne postérieure un produit entièrement semblable à du pus phlegmoneux.

*Poitrine.* Le larynx est légèrement injecté et renferme ainsi que la trachée-artère et les bronches, une assez grande quantité de pus — (muco-pus).

Les autres organes ne présentent rien qui doive être noté.

### Méningite cérébro-spinale.

*Début par frissons, céphalalgie; herpès labialis, délire violent; matité et souffle tubaire à droite. — Saignée du bras, sangsues, potion stibiée, vésicatoires, potion antispasmodique. — Guérison.*

Hocquet âgé de 22 ans, né à Sommardien, département de la Meuse, où il exerçait la profession de manœuvre, sert depuis un an dans la 3.e compagnie du 2.e bataillon du génie.

Le 16 avril 1849, il faisait l'exercice sur la place de la République; rentré à la caserne il fut pris de frissons, de céphalalgie, d'une vive sensibilité des yeux.

Le 17 avril, il eut des vomissements bilieux. Enfin il entra à l'hôpital le 19 avril 1849. On lui pratiqua une saignée de quatre cents grammes; nous le vîmes pour la première fois le 20 à la visite du matin.

Le 20 au matin. — Température cutanée +41°, insomnie, absence de céphalalgie, un peu de stupeur, herpès labialis, langue blanchâtre, humide, 120 pulsations; saignée non couenneuse; vingt inspirations.

Diète, limonade gommeuse, potion stibiée, 0,3.

21 au matin. — Décubitus dorsal; température cutanée +40; insomnie, rêvasseries, absence de céphalalgie, langue blanchâtre, humide, ventre un peu dur, six selles, quatre

vomissements; 120 pulsations, vingt quatre inspirations, crachats salivaires.

Diète, limonade gommeuse 5.

Vers dix heures du matin, le malade a été pris d'un délire violent, il sort de son lit. — On est dans la nécessité de le maintenir avec la camisole de force.

A quatre heures du soir; yeux ouverts, pupilles dilatées, immobiles.

Quarante sangsues.

La nuit a été agitée; paroles incessantes.

Le 22 au matin. — Décubitus dorsal, température cutanée +41°, langue blanchâtre, humide, sortie difficilement; une selle; 80 pulsations, trente-six inspirations, souffle tubaire et matité dans le tiers moyen; crachats visqueux un peu rouillés, réponses lucides.

Diète, Eau gommeuse 5. — Potion stibiée à 0,5, vingt sangsues au front, deux vésicatoires à la partie interne des cuisses.

Le 22 au soir. — Agitation. Le malade sort de son lit; 110 pulsations très-faibles.

Le 23 au matin. — Température cutanée + 58°; nuit agitée, langue blanchâtre, humide, gencives nacrées, une selle involontaire, huit à dix vomissements; 80 pulsations, vingt-quatre inspirations, persistance de la matité et du souffle tubaire dans le tiers moyen et postérieur du côté droit, râle crépitant à l'inspiration, crachats salivaires blanchâtres.

Diète, limonade gommeuse 5; portion antispasmodique.

Le 23 au soir. — cent dix pulsations.

Le 24 au matin. — Température cutanée + 39° 1/2, nuit agitée, délire tranquille, herpès labialis, langue blanchâtre humide, pas de selle, toux assez fréquente, crachats mucoso-salivaires un peu jaunâtres; 84 pulsations.

Bouillon maigre, eau gommeuse, eau de Sedlitz, potion antispasmodique.

Le 25 au matin. — Nuit assez calme, langue blanchâtre, humide, deux selles; soixante et douze pulsations, vingt inspirations, souffle tubaire et matité dans le tiers moyen du côté droit, crachats mucoso-salivaires un peu jaunâtres.

Bouillon maigre; eau gommeuse, potion antispasmodique.

Le 27 avril. — Herpès labialis; 72 pulsations, absence de matité; quelques râles sonores à droite et en arrière.

Soupe maigre, limonade gommeuse.

Le 28. — Quatre-vingts pulsations; râles sonores à la partie postérieure de la poitrine des deux côtés; crachats muqueux abondants.

Soupe maigre, pruneaux, limonade gommeuse 3.

Le 29. — Physionomie satisfaisante, peau moite, langue blanchâtre, diminution des râles, crachats muqueux abondants.

Quart, soupe maigre, pruneaux, limonade gommeuse trois.

Le 50 au matin. — Même état.

Le 1.er mai. — Nuit calme, langue humide; 70 pulsations, crachats muqueux.

Mêmes prescriptions.

Le 2 mai. — Insomnie, absence de céphalalgie, langue un

peu sâle, humide; une selle; 70 pulsations, râle muqueux aux deux bases; râle sonore disséminé; crachats salivaires abondants.

Mêmes prescriptions.

Le 3 mai. — Douleur sur le trajet du nerf sous-orbitraire gauche, ressentie le matin.

Depuis quelques jours, langue humide, une selle; 70 pulsations, crachats salivaires.

Mêmes prescriptions.

Le 4 mai. — Même état.

Le malade entre en pleine convalescence et le 12 mai il sort de l'hôpital complétement rétabli.

### Durée, pronostic et terminaison.

La durée et le pronostic de la méningite ont varié suivant les formes de cette affection. La durée moyenne pour les cas mortels, est de cinq jours, le maximum de 55 jours, le minimum de douze heures; les formes comateuses de toutes les plus funestes, n'ont eu que trois jours de durée, les formes tétaniques sept, les formes délirantes cinq.

La durée moyenne des méningites terminées par guérison, a été de vingt-huit jours, le minimum de six jours, le maximum de cinquante jours; les formes les plus légères n'ont eu souvent qu'une durée de quelques heures.

Les régiments ont fourni une mortalité à peu près égale, ordinairement les premiers cas ont été les plus graves; de sorte que les régiments qui n'ont fourni que peu de malades, ont eu cependant un nombre de décès à peu près égal aux décès des corps qui ont eu plus de soldats atteints.

L'âge paraît avoir exercé peu d'influence sur le pronostic.

La proportion des morts est à peu près la même pour tous les âges. Ce qui semble ressortir du tableau suivant.

| Ages. | Malades. | Morts. |
|---|---|---|
| 19 | 2 | 1 |
| 20 | 5 | 1 |
| 21 | 6 | 2 |
| 22 | 51 | 15 |
| 23 | 16 | 8 |
| 24 | 10 | 4 |
| 25 | 5 | 2 |
| 26 | 8 | 4 |
| 27 | 2 | 2 |
| 28 | 1 | 1 |

La durée du temps de service n'a pas modifié sensiblement la proportion des décès, enfin la gravité de la méningite a été à peu près la même aux différentes époques de l'épidémie.

| 13 malades entrés | en décembre 1847 donnent | 7 décès. |
|---|---|---|
| 27 — | en janvier — | 12 |
| 45 — | en février — | 26 |
| 11 — | en mars — | 7 |
| 2 — | en avril — | 1 |
| 8 — | en mai — | 4 |
| 1 — | en juin — | » |
| 5 — | en novembre — | » |
| 2 — | en décembre — | 2 |
| 4 — | en janvier — | 2 |
| 5 — | en février — | 5 |
| 5 — | en mars — | 5 |

Relativement aux symptômes, la douleur violemment accusée, notamment la douleur des membres, a été particulière aux terminaisons heureuses.

Le coma, le tétanos, le délire agité sont particuliers aux formes graves.

La raideur tétanique des membres existait dans le tiers des cas mortels, et dans le 1/6 des cas terminés par guérison.

L'assoupissement observé dans les 4/5 des cas mortels, ne l'a été qu'exceptionnellement chez les malades guéris.

L'accélération du pouls, la chaleur cutanée, sensible à la main, existaient plus souvent chez les malades qui ont guéri que chez ceux qui ont succombé. L'herpès labialis, les furoncles, les eschares se sont montrés chez les deux tiers des malades guéris; et comme l'herpès apparaît en général du troisième au cinquième jour, on ne saurait, ainsi que l'a démontré M. Tourdes, regarder son absence dans les cas mortels comme la conséquence de la rapidité de la terminaison.

Les sueurs abondantes qui ont coïncidé une fois avec une terminaison vraiment critique, ont été cependant particulières aux formes graves et ont en général annoncé l'agonie.

D'ailleurs dans la méningite comme dans le cours de toute affection grave, l'événement trompe souvent le pronostic le mieux fondé en apparence, et les recrudescences viennent, au moment ou on s'y attend le moins, détruire les espérances les mieux fondées.

### Complications.

Pendant la durée de l'épidémie de méningite, les affections aiguës, autres que les fièvres éruptives, ont été plus rares quelles ne le sont habituellement; et si la scarlatine a causé quelques décès, la variole a été remarquable par sa bénignité. Sur soixante-dix décès dans le 1.er trimestre, la méningite compte pour quarante-sept et la phthisie pour vingt. L'affection la plus commune pendant la durée de l'épidémie de

Méningite a été le rhumatisme articulaire dont nous avons observé cent vingt et un cas. La fréquence de cette affection et celle de la pleurite et de la péricardite me paraissent d'autant plus dignes d'attention que depuis Stolh tous les observateurs ont insisté sur les rapports qui lient entre elles, toutes les affections des membranes séreuses, et que les recherches anatomo-pathologiques ont prouvé à M. Lefebvre, Corbin et à moi que les articulations et les membranes séreuses viscérales présentent assez souvent des traces de lésion dans les méningites mortelles.

Les faits suivants m'ont paru à ce point de vue dignes d'être mentionnés :

Deux de nos malades présentèrent pendant la convalescence les symptômes d'un double épanchement articulaire; chez l'un d'eux, la terminaison avait été brusque et en quelque sorte critique.

Un malade atteint d'arthrite des genoux et des pieds, fut pris le troisième jour de son séjour à l'hôpital, de tous les symptômes de la méningite.

La fréquence des inflammations des membranes séreuses et des fièvres éruptives, me paraît liée aux conditions étiologiques de l'épidémie de méningites; elle m'a d'autant plus frappé que dans une constitution antérieure, celle de 1847, j'avais noté la rareté relative des affections de ces membranes.

A certaines époques, Stolh, Storck, Chamseru ont signalé la fréquence du rhumatisme articulaire qu'ils ont considéré comme épidémique.

Les méningites de l'armée n'appartiennent-elles pas à l'ordre des faits que le médecin de Vienne signalait en 1776? Le siége du mal, l'élection de la cause pathologique pour les membranes séreuses ne serait-il pas la conséquence de cette constitution boréale attribuée au règne d'une température froide et des vents froids du nord-est, qu'Hippocrate regardait déjà comme la cause la plus ordinaire de la pleurésie.

S'il était permis d'aller plus loin et de rechercher la cause ou la nature du mal dont nous ne connaissons que le siége. Il y aurait à rechercher si la méningite est l'expression d'une intoxication alcoolique? Si elle reconnaît pour cause, un miasme né de l'encombrement? Ou bien encore, la cause inconnue, mais positive des fièvres éruptives? De ces trois hypothèses, j'admettrai plus volontiers la dernière, si la pensée ne se perdait sans fruit dans ces conjectures inutiles et hasardées.

### Traitement.

Le médecin placé pour la première fois en face d'une de ces épidémies cruelles qui lui rappellent toute la responsabilité de sa mission, est forcé d'accorder toute autorité au témoignage des auteurs qui ont observé la même affection, et de prendre pour règles les principes qui servent de base à notre science médicale.

La méningite épidémique, ayant été comprise parmi les maladies inflammatoires, imposait l'emploi d'une médication d'autant plus énergique que la maladie est elle-même plus grave et plus rapidement mortelle. Voici d'ailleurs le résultat de mes propres observations.

### Applications froides.

L'emploi du froid est généralement recommandé dans le traitement de toute inflammation cérébrale, quoique la physiologie et l'observation prouvent également que le froid à pour effet de congestionner les centre nerveux. J'essayai les

applications d'eau froide, d'eau glacée et de glace solide
maintenues d'une manière permanente; mais la plupart de
nos malades s'en trouvaient plus mal; les uns disaient que le
froid refoulait la douleur en dedans; les autres s'agitaient,
jetaient des cris; de sorte que l'action immédiate des applications froides m'a contraint de renoncer à leur usage.

### Saignées.

La saignée au début a manifestement calmé les accidents,
et dans quelques cas, les a fait brusquement disparaître.

Dans les méningites graves et surtout dans les formes comateuses, les saignées répétées ont au contraire augmenté
l'accablement, et aggravé la position du malade; elles parais-
saient diminuer les forces, et hâter la terminaison par asphyxie.
Ainsi, tandis que par les méthodes voisines de l'expectation
la durée des formes graves est de quatre jours environ, elle
n'est plus que de deux jours après l'emploi des saignées
répétées coup sur coup.

Pour les formes légères dont la terminaison a été mortelle,
l'action de la saignée sur la durée a été inappréciable. Mais
les méningites guéries mettent en évidence le bon effet des
émissions sanguines pratiquées dès le début: la durée étant
vingt-sept jours après l'emploi des saignées, et de vingt-neuf
et une fraction après celui des autres moyens.

Il semble donc que les émissions sanguines doivent être
recommandées avec d'autant plus de confiance dans le traitement de la méningite que la maladie est moins grave et
moins avancée.

### Vésicatoires.

Conformément aux résultats obtenus par M. Rollet dans
l'épidémie de Nancy, j'ai employé de larges vésicatoires

appliqués le long du rachis; et d'autre fois j'ai eu recours
à la cautérisation transcurrente et au seton à la nuque.

L'action immédiate de ces moyens, qui sont au moins
fort douloureux, m'a paru complètement nul dans la plupart
des cas, et comme douze malades pris dans toutes les formes
de cette affection nous ont donné neuf morts, je ne me
crois pas fondé à faire un nouvel essai de cette médication.

Dans un cas le seton à la nuque a manifestement aggravé
l'état du malade: immédiatement après son emploi le malade
s'assoupit et perdit l'usage de la parole; j'enlevai le seton
le lendemain, et quelques heures après, la parole et l'intelligence revinrent.

Les vésicatoires me paraissent devoir être réservés pour
les convalescences lentes, difficiles, compliquées de céphalalgie opiniâtre. Dans ce cas je me suis bien trouvé de faire
appliquer des vésicatoires aux cuisses.

### Purgatifs.

La présence fréquente des vers intestinaux, la constipation opiniâtre, les effets fâcheux du séjour des matières fécales
chez des malades atteints d'inflammation cérébrale, nous fi-
rent employer les purgatifs chez presque tous nos malades.

L'effet immédiat de leur action, et notamment celui du
tartre stibié administré en lavage, ne peut être constaté que
dans les formes légères. Dans les formes graves, où les malades ne pouvaient pas avaler par suite du trisme ou du spasme
de l'œsophage; ou bien le tube digestif résistait à l'action de
trois ou quatre décigrammes d'émétique, et les maladies n'a-
vaient ni selles ni vomissements. L'action définitive de cette
médication était donc au moins fort douteuse, et comme les
cas légers dans lesquels elle a été employée, étaient soumis à

l'emploi des saignées; je ne crois pas que les effets des purgatifs doivent compter dans la guérison.

### Ether.

Notre collègue M. Besseron a fait connaître à l'Académie de
médecine les effets heureux obtenus par l'éthérisation dans
le traitement de la méningite. Malgré toute la confiance que
m'inspire ce judicieux collègue, j'ai dû agir avec toute la
prudence qu'impose une autorité dénuée de preuves. J'ai eu
recours trois fois à l'éthérisation: la première pour un malade
auquel des douleurs atroces dans les reins arrachaient des
cris lamentables, la douleur disparut pendant l'insensibilité
produite par l'éthérisation, mais elle revint avec la sensibilité;
dans deux cas de délire violent avec cris et vociférations, la
même expérience fut suivie du même résultat; l'apaisement
subit des accidents, leur retour après l'action de l'agent stu-
péfiant. J'ajoute que la maladie ne m'a pas paru modifiée ni
en bien ni en mal par cette expérience, et que je ne me
suis pas trouvé autorisé à la répéter.

### Opium.

M. Chauffard d'Avignon a signalé l'emploi utile de l'opium
dans le traitement de la méningite. J'ai eu recours à ce
moyen, mais non pas avec la hardiesse du médecin d'Avignon, parce qu'en 1841, à la fin de l'épidémie de Metz,
j'avais eu à déplorer ses effets. Employé à haute dose dans
deux cas de méningite, l'opium avait eu un effet immédiat
des plus encourageants; les accidents s'étaient immédiatement
calmés, et je m'applaudissais de l'inspiration qui m'avait con-
duit à son emploi, lorsque la mort imprévue des malades
vint dissiper mon illusion. Le souvenir de ces deux cas funestes l'a emporté sur la confiance que m'inspire la parole de
M. Chauffard, et je n'ai eu recours à l'opium qu'à petite

5

dose pour combattre l'insomnie, l'agitation nocturne. Il nous
a semblé, à mes collègues et à moi, qu'uni à l'éther il con-
venait dans les cas légers et paraissait favoriser le développement de la sueur.

Quant au sulfate de quinine, à l'acétate d'ammoniaque, il
ne m'a pas été donné de constater de bons effets soit immé-
diats, soit secondaires.

Je me résumerai donc quant à l'étude que j'ai faite de la
thérapeutique de la méningite, en établissant que dans nulle
affection peut-être les médications ne paraissent plus nulles,
que dans le cours de cette cruelle et rapide maladie.

Il importe cependant de s'arrêter à une médication afin de
ne pas hésiter dans ces tatonnements peut-être plus nuisibles
aux malades que l'expectation pure.

Dans la méningite plus que dans aucune autre affection il
importe d'attaquer le mal le plus promptement possible. Une
saignée au début a souvent fait avorter les premiers accidents
d'une affection presque toujours mortelle, quand elle est
arrivée à la période de compression.

En général, je ne répète pas la première saignée, mais je
fais autour de la tête, au front, à la nuque, des applications
successives de sangsues dont l'écoulement est entretenu d'une
manière permanente jusqu'à l'apaisement des premiers accidents.

Je surveille attentivement l'aération et la température de
la chambre, quand la peau est fraiche, je fais chauffer les
boissons, placer des corps chauds aux pieds et souvent re-
couvrir les membres inférieurs d'une pommade émétisée. Si
l'affection se prolonge, je l'abandonne à elle-même, employant
dans quelques cas, mais avec une extrême circonspection, ou

l'opium, ou le sulfate de quinine, pour combattre ou l'insomnie , ou les douleurs intermittentes.

Dans les méningites très-graves, les saignées abondantes sont
au moins inutiles; et au point de vue de mon observation person-
nelle, elles deviennent nuisibles en hâtant l'affaissement
précurseur de l'asphixie. Pour la méningite le vieil adage
*ad extremos morbos extrema remedia* me semble au moins im-
prudent: ce n'est pas lorsque la vie est attaquée dans son
siége qu'on peut répéter les émissions sanguines sans tenir
compte de leur effet immédiat, et puisque leur emploi est suivi
d'un affaissement des forces du malade; je ne sais rien qui
puisse en justifier la continuation: tant l'expérience l'emporte
sur l'autorité des principes admis.

Il est sans doute regrettable que les recherches thérapeutiques n'aboutissent point à de meilleurs résultats; mais dans
le problème que soulève la guérison de l'homme malade,
mieux vaut la vérité qu'une décevante illusion: l'esprit qui a
mesuré les limites de la puissance thérapeutique, se retourne
avec une ardeur nouvelle vers les questions de la préserva-
tion; le rôle de la médecine s'élève avec sa sincérité, et peu à
peu les promesses téméraires de l'art font place aux recherches
patientes, aux vérités vraiment scientifiques destinées à ou-
vrir à l'esprit de l'homme un nouveau champ de travail.